KB022736

꿈을 꾸지 않는다

책가방 소녀의

청춘 돼지는

카모시다 하지메 지음

미조구치 케이지 ☕ 일러스트

이승원 옮김

디자인 🪖 키무라 디자인 랩

마이 씨가 곁에 있기만 해도, 행복을 느낀다.

후타바와 쿠니미가 곁에 있으면 마음이 든든하다.

코가나 토요하마와 같이 있으면, 웃음이 절로 난다.

카에데가 있기 때문에 힘낼 수 있다.

수많은 사람들에게 도움을 받으며 보낸 지도,

벌써 1년이 되어가고 있다.

청춘 돼지는 책가방 소녀의 꿈을 꾸지 않는다

카모시다 하지메 지음
미조구치 케이지 일러스트
이승원 옮김

그날, 아즈사가와 사쿠타는 초등학생 여자애와 만났다.

제1장

3월의 크랭크 인

1

대체, 뭐가 어떻게 된 걸까……

시치리가하마의 기분 좋은 파도 소리. 귀에 익은 바람 소리. 그것들과 함께 들려온 것은…….

"아저씨는 누구야?"

초등학생용 책가방을 멘 여자애가 한 말이었다.

여자애는 경계심이 묻어나는 눈동자로 사쿠타를 쳐다보고 있었다. 하지만 그런 여자애의 표정에는 불안보다 차분함이 어려 있었다. 사쿠타가 여자애의 시선을 받으면서 당황한 이유는 두 가지다.

하나는 사쿠타가 알고 있는 인물과 이 여자애가 매우 닮았다는 점이다. 이 여자애는 아역 시절의 사쿠라지마 마이와 판박이였다.

또 하나의 이유는 사쿠타가 이 상황을 체험하는 것이 두 번째라는 점이다.

일전에 꿈을 통해 이 상황을 경험한 적이 있었다. 묘한 꿈이었기 때문에 똑똑히 기억하고 있었다. 그리고 그때와 똑같은 일이 현실에서 일어나고 있는 것이다.

그런 두 개의 위화감이 머릿속을 지배한 나머지, 사쿠타는 눈앞의 여자애에게 무슨 말을 하면 좋을지 잘 생각이 나지 않았다.

그래서 꿈속에서 자신이 했던 것과 똑같은 말을 입에 담았다.

"나도 꽤 어른스러워졌나 보네."

실제로 초등학생이 본다면, 고등학생은 어엿한 어른일 것이다. 어릴 적에는 교복을 입은 고등학생이 어른 같아 보였다. 사쿠타가 고등학생이 되어보니, 어른이 됐다는 실감은 전혀 느껴지지 않았지만…… . 사람은 언제 어른이 되는 걸까.

"엄마가 모르는 아저씨와 이야기하지 말랬어. 미안해."

여자애는 예의 바르게 인사를 한 후, 고개를 돌렸다.

"그 어머니는 대체 어디 계시는데?"

주위를 둘러보니, 반경 30미터 이내에는 사쿠타와 여자애뿐이었다. 조금 떨어진 곳에는 개를 산책시키고 있는 아저씨가 있었지만, 이쪽은 신경 쓰지 않으며 점점 멀어지고 있었다.

"……."

여자애는 대답을 하지 않았다. 아무래도 못 들은 척하는 것 같았다.

"혼자 온 거야?"

"……."

이번에도 어머니의 가르침에 따라 대답을 하지 않았다. 에노시마가 있는 서쪽을 쳐다보는가 했더니, 카마쿠라와 하야마가 있는 동쪽을 약간 난처한 듯한 표정으로 응시하고 있었다.

사쿠타도 마찬가지로 오른쪽을 쳐다본 후, 다시 왼쪽을 보았다. 그리고 이게 진짜로 어떻게 된 일인지 다시 생각해 봤다.

그런 사쿠타의 머릿속에 떠오른 말은 바로 사춘기 증후군이었다.

세간에서는 당치도 않은 헛소문이라 여겨지고 있는 불가사의한 현상이다. 인터넷상에서 돌고 있는 도시 괴담이며, 다들 진짜로 믿지는 않는다.

하지만, 사쿠타에게는 사춘기 증후군을 믿는 명확한 이유가 있었다. 그는 지금까지 모습이 보이지 않게 되거나, 미래를 보거나, 두 명으로 분열되거나, 자매의 외모가 뒤바뀌는 등의 현상을 목격했다. 그런 불가사의한 현상을 체험하기도 했다.

또한, 때때로 고등학생이 되거나 대학생이 되는 여자애와 만난 적도 있다. 그러니 현재 고등학생인 마이가 초등학생이 되더라도 딱히 놀라지는 않는다. 훌륭하게 성장한, 그리고 자신이 사랑하는 마이로 빨리 되돌아왔으면 좋겠다는 생각은 들지만…….

하지만, 마음에 걸리는 것이 하나 있었다. 그것은 친구인 후타바 리오가 일전에 했던 말이다.

—과거로 돌아가는 건 여러모로 어렵거든.

소악마 소동 때 들었던 말로 기억한다.

그 논리까지는 사쿠타도 이해하지 못했지만, 리오의 말이니 아마 틀림없으리라.

마키노하라 쇼코 때도 때때로 성장하기는 했지만, 사쿠타의 눈앞에 있는 여자애가 진짜로 마이라면 어려진 것이다. 즉, 골치 아픈 일이 벌어지고 있다는 뜻이다.

여자애는 사쿠타의 시선을 느꼈는지 그를 올려다보았다. 뭔가 할 말이 있는 것 같지만, 아무 말도 하지 않았다. 그렇다고 다른 곳에 가지도 않았다. 그저 난처한 표정으로 사쿠타가 말을 할 때까지 기다리고 있는 눈치였다.

"혹시, 미아야?"

사쿠타가 자신의 생각을 있는 그대로 말하자, 여자애는 몸을 부르르 떨었다. 아무래도 정곡을 찔린 것 같았다.

"미아 아냐."

여자애는 약간 삐친 표정을 지으며 사쿠타를 노려보았다. 언짢은 표정은 지금의 마이와 똑같았다. 그 모습을 본 사쿠타는 웃음이 날 것만 같았다.

"여기는 어디야?"

여자애는 그런 사쿠타를 견제하려는 듯이 퉁명한 표정을 지으며 그렇게 물었다.

"모르는 아저씨와는 이야기하면 안 되는 거 아니었어?"

"······이제 됐어."

여자애는 더 기분이 나빠졌는지 사쿠타에게서 돌아섰다.

그리고 에노시마를 향해 걸음을 옮겼다.

"시치리가하마야."

사쿠타가 멀어져가는 여자애의 등을 쳐다보며 그렇게 말하자, 그녀는 우뚝 멈춰 섰다. 그리고 천천히 사쿠타를 향해 돌아섰다. 여자애와 눈이 마주쳤을 때……

"1리도 채 안 되는데 이름에 7리가 들어가 있는 시치리가하마(七里ヶ浜)지."

사쿠타는 덧붙여 설명했다.

"……"

하지만 여자애의 입에는 여전히 지퍼가 채워져 있었다. 여자애는 아무 말 없이 사쿠타를 계속 쳐다보고 있었다.

"나는 저기 있는…… 미네가하라 고등학교의 학생인 아즈사가와 사쿠타라고 해."

사쿠타는 이 바닷가에서도 보이는 학교 건물을 손가락으로 가리키며 이제 와서 자기 이름을 밝혔다.

"이걸로, 이제 모르는 아저씨가 아니지?"

사쿠타가 그렇게 말하자, 여자애는 어리둥절한 표정을 지었다. 그리고 놀란 듯이 눈을 치켜떴지만…… 곧 입가에 미소를 머금었다.

순진무구하고 즐거움이 묻어나는 웃음소리가 하늘 높이 퍼져 나갔다.

건강미 넘치고 기분 좋은 음색이었다.

듣고 있기만 해도 기분이 좋아졌다. 마음이 개운해졌다.

하지만 사쿠타의 마음속에는 여전히 먹구름이 드리워져 있었고, 표정 또한 밝아지지 않았다.

그 이유는 말할 필요도 없이 마이를 쏙 빼닮은 이 여자애의 정체를 알 수 없기 때문이었다.

"아가씨는 이름이 뭐야?"

여자애가 웃음을 멈출 때까지 기다린 후, 사쿠타는 핵심을 찌르는 질문을 던졌다. 입을 꼭 다문 여자애는 의아하다는 듯이 고개를 갸웃거렸다.

"내가 누구인지 몰라?"

"그래서 물어보는 거야."

"나는—."

여자애가 다시 입을 연 순간…….

"사쿠타."

등 뒤에서 누군가가 사쿠타의 이름을 불렀다.

그 투명한 목소리는 귀에 익었다. 영원토록 듣고 싶은, 사랑하는 이의 목소리다.

"……어?!"

사쿠타는 놀라면서 고개를 돌렸다. 그러자, 10미터 정도 떨어진 곳에 미네가하라 고등학교의 교복을 입은 마이가 눈에 들어왔다. 키는 165센티미터로 또래 여자애들보다 큰 편이다. 바람에 휘날리는 머리카락을 한 손으로 누르고, 다른 한 손으로는 졸업증서가 들어 있는 통을 들고 있었다. 사쿠타가 잘 아는 마이다. 그녀는 모래사장 위를 조심조심 걸으며 사쿠타에게 다가갔다.

사쿠타가 그 모습을 아무 말 없이 멍하니 쳐다보자……

"왜 그렇게 놀란 표정을 짓는 거야?"

마이는 장난기 섞인 미소를 지으며 그렇게 말했다.

"마이 씨……?"

사쿠타는 무심코 그런 당연한 질문을 던졌다.

"나를 까맣게 잊을 만큼 사쿠타를 오래 기다리게 하지는 않았거든?"

마이는 사쿠타의 눈앞에 서더니, 꾸짖듯이 그의 이마를 손가락으로 톡 밀었다. 목소리도, 행동거지도, 사쿠타를 대하는 태도도…… 마이가 틀림없었다.

"진짜 마이 씨네."

"왜 그런 반응을 보이는 거야?"

"그야, 조그마한 마이 씨가 먼저 내 앞에 나타났거든요."

"조그마한?"

마이는 영문을 모르겠다는 듯이 고개를 갸웃거렸다.

"봐요. 이쪽에……"

사쿠타는 방금까지 책가방을 멘 소녀가 있던 자신의 뒤편을 돌아보았다.

"……어?"

어떻게 된 일인지 그 여자애가 보이지 않았다. 오른편을 봐도, 왼편을 봐도, 주위의 모래사장을 360도 둘러봐도, 보이지 않았다.

모래 위에는 조그마한 신발 자국이 남아 있었다. 다른 곳으로 향하는 발자국이 아니다. 사쿠타의 바로 앞에서 멈춘 후, 거기서부터는 이어져 있지 않았다.

마치 사쿠타의 곁에서 돌연 사라져버린 듯한 흔적이었다.

"맙소사……."

"사쿠타?"

"마이 씨. 방금까지 저와 이야기를 나누고 있던 여자애를 봤죠? 책가방을 멘 애 말이에요."

고개를 돌려보니, 10미터 정도 떨어진 곳에 있는 마이가 눈에 들어왔다. 저 위치에서라면 사쿠타의 주위가 한눈에 들어올 것이다.

하지만 사쿠타는 자신이 기대하는 대답을 마이가 해주지 않을 거라고 생각했다. 마이의 태도를 보면 알 수 있기 때문이다. 뭔가 이야기가 어긋나고 있는 느낌 또한 받았다. 그래도, 확인하지 않을 수는 없었다.

"못 봤는데……?"

역시 마이는 사쿠타가 원하는 대답을 들려주지 않았다.

"정말요?"

"적어도 내가 모래사장에 들어와서 사쿠타에게 말을 걸

때까지, 너는 쭉 혼자였어."

마이의 설명에는 반박할 여지가 존재하지 않았다. 사쿠타가 되물었기 때문에, 마이는 반박의 여지가 없도록 그렇게 상세하게 설명한 것이다. 또한 그 말에는 눈곱만큼의 거짓도 섞여 있지 않았다. 거짓말을 할 필요가 없는 것이다.

"무슨 일이야?"

이번에는 마이가 미간을 살짝 찌푸리면서 사쿠타에게 질문을 던졌다.

"방금 말한 대로예요. 마이 씨를 기다리고 있는데, 아역 시절의 마이 씨를 쏙 빼닮은 여자애가 나타났어요. ……키는 한 이 정도였나?"

사쿠타는 허리보다 약간 높은 위치에 손을 대면서 아까 본 여자애의 키가 어느 정도였는지 표현했다.

"그 애, 진짜로 나였어?"

"솔직히 말하자면, 좀 자신이 없기는 한데……."

아역 시절의 마이의 모습을 생생하게 기억하고 있지는 않기 때문이다.

"어찌 된 건지 마이 씨가 온 순간, 그 애가 사라져버렸어요."

몇 마디 안 되지만 이야기도 나눴다. 그렇게 대화까지 나눈 상대가 환각일 거라는 생각은 들지 않았다.

사쿠타는 다시 모래사장을 둘러보았다. 마이도 좌우를 살펴봤지만, 책가방을 멘 여자애는 없었다.

"혹시 사춘기 증후군과 연관이 있는 걸까?"

마이가 그렇게 중얼거린 순간, 사쿠타는 그녀를 향해 고개를 돌렸다. 그리고 마이의 몸에 손을 댈 수 있는 거리까지 다가가더니, 그녀의 눈동자를 지그시 응시했다.

"왜, 왜 그래?"

"마이 씨, 괜찮아요? 혹시 무슨 일 있었어요?"

사쿠타는 교복을 입은 마이의 두 어깨에 손을 얹으며, 그녀라는 존재를 자신의 손바닥으로 실감했다. 그리고 그 다음은 팔뚝, 다음은 팔꿈치…… 그렇게, 상대의 윤곽을 확인하려는 듯이 사쿠타가 마이의 몸을 만지자, 느닷없이 발등에서 통증이 느껴졌다.

"아, 아얏! 마이 씨, 아파요!"

마이는 발뒤꿈치로 사쿠타의 발등을 밟았다.

"남의 몸을 멋대로 더듬지 마."

그리고 마이는 사쿠타의 손도 쳐냈다.

"좀 더 진득하게 구석구석까지 확인해줬으면 했던 거예요? 아, 아야야야얏!"

게다가 마이는 사쿠타를 밟고 있는 발뒤꿈치에 더욱 힘을 줬다.

"나는 괜찮아. 딱히 아무 일도 없어."

마이는 사쿠타가 걱정하는 것 자체를 이해 못 하겠다는 투로 그렇게 말했다.

"사쿠타야말로 괜찮은 거야?"

오히려 마이는 사쿠타를 걱정했다.

"발등이 좀 아파요."

"진지하게 묻는 거야."

마이는 사쿠타의 발등에서 발뒤꿈치를 치우더니, 이번에는 그의 볼을 살며시 꼬집었다.

"저도 사춘기 증후군이 발병할 이유가 없다고요. 굳이 이유를 꼽자면 수험 공부 스트레스와 피로 정도예요."

그렇게 말한 사쿠타는 마이를 향해 여러 가지 의미가 담긴 눈길을 보냈다.

"내가 잘못했다는 소리야?"

"당치도 않아요. 마이 씨를 위해, 마이 씨와 같은 대학에 들어가려고 노력 중인 저한테, 상을 줬으면 하는 것뿐이라고요."

"진학은 사쿠타가 자기 스스로를 위해 하는 거잖아."

마이는 한숨을 쉬며 그렇게 말했다. 하지만 어쩔 수 없다는 표정을 짓더니, 「자아」 하고 말하면서 사쿠타에게 자신의 스마트폰을 건네줬다. 이미 카메라 모드가 켜져 있었다. 마이는 바다를 배경 삼아 사쿠타와 어깨를 맞대며 섰다.

셀카를 찍으라는 것 같았다.

"기념 삼아 사진을 찍어도 돼."

"그럼 찍을게요."

사쿠타는 팔을 뻗어서 자신과 마이를 카메라 안에 담았다. 에노시마도, 구석에 조그마하게 담기도록 들었다.

"그럼, 치즈."

사쿠타가 그렇게 말하며 셔터 버튼을 누르려던 순간, 그의 볼에 부드러우면서 따뜻한 무언가가 닿았다. 좋은 향기도 코끝을 스쳤다. 그 뒤를 이어 찰칵하는 셔터 소리가 들렸다.

곧 볼에서 느껴지던 감촉이 사라지더니, 마이가 재빨리 스마트폰을 채갔다. 마이는 즐거워 보이는 표정으로 화면을 확인하고 있었다. 마치 장난이 성공해서 기뻐하고 있는 것 같았다.

옆에서 스마트폰을 쳐다보니, 볼 키스를 받고 약간 놀란 표정을 짓고 있는 사쿠타가 찍혀 있었다. 완벽하게 얼간이 같은 표정이었다. 하지만, 사쿠타는 그런 표정이 전혀 신경 쓰이지 않았다. 약간 부끄러워하는 마이의 얼굴이 너무 귀여워서, 사쿠타는 무심코 히죽거렸다.

"히죽거리지 마."

"그 사진이 유출되면 또 스캔들로 시끌시끌하겠죠?"

"그럼 지울까?"

마이는 물가에서 벗어나려는 듯이 걸음을 옮겼다.

"지우기 전에 프린트해서 저 주세요."

"그건 싫어."

마이는 자신의 옆에 선 사쿠타를 향해 딱 잘라 그렇게 말했다.

"너무해~."

"사쿠타가 그 사진을 방에 전시해둘 것 같거든."

"그러면 안 돼요?"

"카에데 양이 보기라도 하면, 부끄러울 것 같단 말이야."

"그건 그러네요."

"응."

　마이는 이 이야기는 이것으로 끝이라는 듯이 딱 잘라 말했다. 하지만 모래사장 밖으로 이어지는 계단을 올라갈 즈음, 두 사람은 자연스럽게 손을 잡고 있었다. 마이는 사쿠타의 약손가락과 새끼손가락만 움켜쥐고 있었다. 그리고 두 사람은 도로로 이어지는 계단을 단둘이서 올라갔다.

"맞다, 사쿠타."

"네?"

"사쿠타가 만나줬으면 하는 사람이 있어."

"누구요? 언제요?"

"지금."

　마이는 사쿠타의 질문에 짧막하게 대답했다.

　계단을 올라가 보니, 계단 앞 횡단보도의 신호등이 마침 파란색으로 바뀌었다. 국도 134호선의 신호등은 빨간색이 되면 좀처럼 파란색으로 바뀌지 않는다. 모처럼 신호등이 파란색이 됐는데, 마이는 건널목을 건너지 않았다. 그리고 「이쪽이야」 하고 말하더니, 사쿠타의 손을 잡아끌면서 오른편으로 향했다. 그리고 사쿠타를 바닷가에 인접한 주차장으로 데려갔다.

여름에는 레저 스포츠를 즐기러 온 이들의 차로 가득해지는 이 장소도, 아직 꽃샘추위가 남아 있는 3월 1일에는 텅텅 비어 있었다.

30미터 간격으로 차가 한 대씩 서 있을 정도였다.

그중 한 대…… 감색 하이브리드 자동차 옆에 누군가가 서 있었다. 차분한 느낌의 재킷, 그리고 무릎을 가리는 타이트스커트로 꾸며진 정장 느낌의 복장을 한 여성이었다. 딸의 졸업식에 출석한 어머니 같은 느낌이었다. 아니, 그게 사실이리라.

사쿠타와 마이가 다가가자, 그 여성도 두 사람을 금세 발견했다. 그 눈이 명확한 의지를 지니며 사쿠타를 향했다. 그러자 사쿠타는 긴장이 되기 시작했다.

그럴 만도 했다. 주차장에서 기다리고 있는 인물을 사쿠타도 알기 때문이다.

팔짱을 끼며 두 사람을 기다리고 있던 이는 바로 마이의 어머니다.

그녀는 약간 날카로운 눈빛으로 사쿠타를 쳐다보고 있었다.

사쿠타는 마음의 준비가 전혀 되지 않은 상태였다. 완벽하게 허를 찔린 느낌이었다.

일전에 사쿠타가 마이의 어머니에게 인사를 하고 싶다는 말을 한 적이 있기는 했지만, 진짜로 이런 자리를 마련할 거면 미리 말해주면 좋았을 것이다. 아마 마이는 일부러 말해주지 않은 거겠지만 말이다.

마이는 사쿠타의 손을 놓을 생각이 없는지, 그의 손을 꼭 쥔 채 자신의 어머니에게 데려갔다. 그러자 마이의 어머니 또한 두 사람이 맞잡은 손을 힐끔 쳐다보았다.

"이쪽이 내가 사귀고 있는 아즈사가와 사쿠타 군이야."

마이는 자신의 어머니에게 사쿠타를 소개했다.

"이 사람이 내……."

그리고 이번에는 사쿠타에게 자신의 어머니를 소개했다.

"마이의 엄마란다."

"마이 씨와 건전한 교제 중인 아즈사가와 사쿠타라고 합니다."

사쿠타는 고개를 꾸벅 숙였다.

"알고 있어. 마이와 스캔들이 터졌을 때, 너에 대해 이것저것 조사해봤거든."

목소리는 온화하지만, 발언 자체는 꽤나 무시무시했다. 이것저것은 대체 무엇을 가리키는 걸까. 하지만 불가사의하게도 혐오감이 느껴지지 않은 건 『사쿠라지마 마이』의 어머니다운 행동이라는 느낌이 들었기 때문이다. 그 정도는 하고도 남을 듯한 인상이 있었다. 연예인의 어머니인 만큼…….

"그때는 내 딸이 폐를 끼쳤어."

"예?"

마이의 어머니가 뜻밖의 발언을 하자, 사쿠타는 얼이 나간 목소리로 그렇게 대꾸했다. 게다가 마이의 어머니는 별다른 반응을 보이지 않았다. 그저 사쿠타에게 흥미가 없는 것인지, 그냥 눈감아준 것인지…… 표정에 변화가 거의 없기 때문에 영 판단이 서지 않았다.

"요즘은 기자에게 쫓기거나, 사진을 찍히는 일 같은 건 없지?"

"제가 알기로는 그래요."

몰래 사진을 찍히는 경우도 있을 수 있기 때문에, 사쿠타는 그렇게 말했다.

"그렇구나."

마이의 어머니는 약간 안심한 투로 그렇게 말하더니, 시계를 힐끔 쳐다보았다.

"슬슬 가봐야겠어."

마이의 어머니는 딸의 대답도 듣지 않고 차의 문을 열었다. 그리고 좌석에 앉더니, 문을 닫기 전에 차 옆에 서 있는 마이를 올려다보며 입을 열었다.

"너도 나를 닮아서 남자를 보는 눈이 없을지도 모르니까, 상대가 바람피우지 못하도록 신경 쓰렴."

무슨 말을 하나 했더니, 마이의 어머니는 그런 말을 입에 담았다. 사쿠타는 이 말에 어떤 반응을 보이면 좋을지 감이 오지 않았다.

"괜찮아."

마이는 자신의 어머니와 시선을 마주하지 않은 채, 딱 잘라 대답했다.

"자신감이 넘치는구나."

"신중하게 상대를 골랐거든."

확실히 처음 고백을 한 후로 한 달 동안, 사쿠타는 마이에게 시험을 당했다.

"게다가 신경 써서 길들이고 있어."

마이는 사쿠타를 힐끔 쳐다보았다. 「멍」하고 대답할까 했지만, 마이가 눈빛으로 「괜한 짓 안 해도 돼」하고 말하고 있었기에 그냥 입 다물고 있었다. 사쿠타로서는 자신을 길들이고 있는 마이의 체면을 손상시킬 수 없으니까 말이다.

"말은 그렇게 하지만, 실은 일을 핑계 삼아 내팽개쳐 두고 있지?"

마이의 어머니는 딸이 어쩌고 있는지 훤히 안다는 것처럼 그렇게 딱 잘라 말했다.

"그게……."

마이는 속으로 뜨끔했는지 말을 잇지 못했다. 하지만, 곧…….

"촬영 때는 가능한 한 자주 전화 통화를 하려고 해."

……하고 작은 목소리로 반론했다.

마이의 어머니는 그런 딸에게서 시선을 떼더니, 사쿠타 쪽을 쳐다보았다.

"사쿠타 군이라고 불러도 되겠니?"

"아, 예."

"보다시피 제멋대로에 성가신 애지만, 그래도 잘 부탁한단다."

"예?"

또 뜻밖의 말을 들었다. 사쿠타와 마이의 교제를 반대할 거라고 생각했는데, 왠지 김이 샜다.

"최선을 다하겠습니다."

사쿠타도 약간 뚱딴지같은 말을 했을 때, 마이의 어머니 는 차 문을 닫고 안전벨트를 하더니, 시동을 걸었다. 그러니 사쿠타의 말은 아마 들리지 않았을 것이다.

깜빡이를 켠 차는 하이브리드 자동차답게 조용히 달리기 시작했다.

2

마이 어머니의 차가 떠나고 누가 먼저랄 것 없이 걷기 시 작한 사쿠타와 마이는 좀처럼 신호가 바뀌지 않는 국도 134호선의 횡단보도 앞으로 왔다.

체감 상으로는 2분 정도 기다린 후에 도로 반대편으로 건너갈 수 있었다. 그리고 또 2분 정도 걸려 도착한 시치리가하마역에서 카마쿠라 방면에서 온 후지사와행 전철을 탔다.

두 사람이 탄 것은 녹색과 크림색으로 도색이 된 복고풍의 4량 편성 차량이었다.

전철 안에는 일요일이라 그런지 대학생 그룹과 젊은 커플들로 북적이고 있었다. 서 있을 공간을 찾기 힘들 정도였다.

오늘 미네가하라 고등학교를 졸업한 마이에게 있어, 이것은 마지막 하교다. 느긋하게 추억에 잠길 분위기는 아니지만, 창밖에 펼쳐진 바다를 응시하고 있는 마이의 얼굴을 보니 혼잡한 차량 안을 개의치 않는 눈치였다.

15분 후에 종점인 후지사와역에 도착할 때까지, 사쿠타와 마이는 거의 이야기를 나누지 않았다.

그리고 플랫폼에 내린 순간…….

"오늘로 마지막이네."

마이는 약간 아쉽다는 듯이 전철을 돌아보았다. 그녀는 3년 동안 통학을 하면서 이 전철을 탔다. 그리고 후지사와에 살고 있으니까 앞으로도 타려면 언제든지 탈 수 있다. 하지만, 마이가 학교에 다닐 때처럼 자주 이 전철을 타는 일은 이제 없으리라.

졸업이란 그런 것이라고 생각한다.

변하지 않은 것 같지만 변한 때가 있는가 하면, 변한 것 같지만 변하지 않은 때도 있다. 그 점을 눈치챌 수 있는지가 중요한 것이다.

"교복 차림의 마이 씨는 이제 못 보겠네요."

"사쿠타도 말은 그렇게 하지만, 교복에는 딱히 흥미가 없지 않아?"

"인간에게 있어 중요한 것은 내용물이니까요."

하지만 이것이 마지막으로 보는 거라고 생각하니 아쉽다는 생각 또한 들었다.

"사쿠타가 부탁해도 절대 안 입을 거야."

"어차피 부탁할 거면, 바니걸 복장을 입어달라고 부탁할 거예요."

두 사람은 그런 잡담을 나누면서 전철에서 하차한 사람들에 뒤섞여 개찰구를 통과했다. 그리고 연결 통로로 걸어간 그들은 JR의 역사 쪽으로 향했다.

동쪽의 카마쿠라시, 서쪽의 치가사키시 사이에 있는 후지사와시의 중심지인 후지사와역은 에노전 말고도 도카이도 선과 오다큐 에노시마 선이 달리고 있다. 그래서 다른 노선으로 갈아타는 사람들로 북적였다.

사쿠타와 마이는 JR 후지사와역의 남쪽 출입구로 들어간 후, 개찰구 앞을 지나서 북쪽 출입구로 나갔다. 그리고 가전 제품 양판점 앞을 지난 그들은 일단 슈퍼마켓으로 향했다.

가게 안에서는 사쿠타가 카트를 밀면서, 앞장서서 걷고 있는 마이의 뒤를 따랐다. 마이는 식재료를 고르더니, 사쿠타가 밀고 있는 카트 안에 집어넣었다. 질 좋은 쇠고기와 소시지, 신선한 잎채소뿐만 아니라 참치, 연어, 오징어, 문어 같은 해산물도 카트에 넣었다.

"마이 씨, 뭘 만들 거예요?"

오늘은 마이의 졸업 기념으로 사쿠타네 집에서 같이 밥을 먹기로 했다.

"아직 비밀이야."

마이는 약간 들뜬 표정을 지으며, 쇼핑 데이트를 마음껏 즐겼다.

계산을 마친 후, 대부분의 짐을 혼자 든 사쿠타는 마이와 함께 집으로 향했다.

역에서 멀어질수록 인적도 점점 뜸해졌다. 대형 상업 시설과 개인 상점도 뜸해지면서 주택가에 접어들었을 즈음…….

"아, 맞다. 마이 씨."

사쿠타가 마이에게 말을 걸었다.

"왜?"

사실 사쿠타는 아까부터 마이에게 물어보려고 마음먹고 있던 것이 있었다.

"마이 씨, 어머니와 화해한 거예요?"

사쿠타는 마이와 마이 어머니의 관계는 간단히 개선되지 않을 거라고 생각했다. 적어도 마이는 자신의 어머니가 거

론되는 것조차 싫어하는 것처럼 보였다.

그런데, 마이의 졸업식에 그녀의 어머니가 온 것 자체가 의외였다. 그리고 어머니가 졸업식에 오는 것을 마이가 허락한 점 또한 너무나도 의외였다.

"화해 안 했어."

마이는 앞을 바라보면서 별것 아니라는 투로 그렇게 대답했다.

"예?"

사쿠타는 그 말의 의미를 이해하지 못했다.

"그러니까, 화해를 하지 않았다는 거야."

더 영문을 모르겠다.

"졸업식에 왔는데도 말이에요?"

"내가 부탁한 게 아냐."

마이의 목소리에서 약간의 언짢은 기운이 느껴졌다. 평소 자신의 어머니가 언급될 때마다 마이가 보였던, 너무나도 마이다운 마이의 언짢은 감정이었다.

"그럼, 어떻게 된 건데요?"

사쿠타가 옆을 힐끔 쳐다보자, 마이와 한순간 시선이 마주쳤다. 하지만 마이는 자연스럽게 시선을 돌렸다. 그래도 사쿠타가 계속 쳐다보자, 마이는 작게 한숨을 내쉬면서 귀찮다는 투로 입을 열었다.

"나, 지난달에 촬영이 있어서 교토에 갔잖아?"

"예."

2월 중순의 일이다. 덕분에 사귀기 시작하고 처음 맞이한 밸런타인데이를 떨어져서 보냈다. 게다가 초콜릿도 받지 못했기 때문에 똑똑히 기억하고 있다.

"그 현장에 아역으로 활동 중인 여자애가 한 명 있었는 데…… 그 애는 그 사람의 사무소에 소속되어 있었어."

어머니를 「그 사람」이라고 부르는 점 또한 여전했다.

"그 여자애와 함께 마이 씨의 어머니가 교토에 왔던 건가요?"

마이의 말을 들어보니, 아무래도 그렇게 된 것 같았다.

"……."

마이는 아무 말 없이 고개를 끄덕였다.

"그 여자애가 내 팬이라기에…… 그 사람이 분장실로 데리고 왔었어."

이야기를 하면서 당시의 감정이 생각난 건지, 마이의 입가에 짜증이 어렸다.

"아역 배우 앞이라 함부로 대할 수도 없었는데…… 그 상황에서 내 졸업식이 언제인지 묻지 뭐야."

"그래서 가르쳐줬더니, 불쑥 온 거네요?"

"맞아. 가르쳐줘도 일 때문에 못 올 거라고 생각했거든."

마이는 예상이 빗나갔다고 말하면서 쓴웃음을 지었다. 얼마 전까지만 해도 마이는 자신의 어머니가 언급되었을 때 이런 표정을 짓지 않았다. 상대방을 그저 부정하는 게 아니라, 자신의 생각이 짧았다는 점을 겸연쩍어할 정도의 여유가 생긴 것이다.

그렇기에, 사쿠타는 마이에게 물어보고 싶다는 생각이 들었다.

"마이 씨는 아직도 어머니를 싫어해요?"

……하고 말이다.

"싫어해."

마이는 주저 없이 대답했다. 잠시도 고민하지 않았을 뿐만 아니라, 발언에서도 한순간의 머뭇거림조차 느껴지지 않았다. 그렇다고 괜한 고집을 부리고 있는 표정도 아니었다. 자신의 솔직한 마음을, 솔직한 말로 표현했을 뿐이다. 그렇기 때문인지, 마이의 얼굴에 어린 표정에서는 묘한 개운함마저 느껴졌다.

"중학생 때 낸 사진집…… 수영복 사진은 찍기 싫다고 말했는데, 그 사람이 멋대로 승낙한 것 때문에 생긴 혐오감은 지금도 내 마음에서 사라지지 않았어."

방금 마이가 한 말 또한 진실이라고 생각한다. 쉽게 사라질 리가 없다. 아니, 사라지기는 할지 의문이다. 어머니가 어머니라는 사실과 마찬가지다. 모녀라는 관계와 마찬가지로, 영원히 사라지지 않는 것일지도 모른다는 생각도 들었다. 마이에게 있어서는 그 정도로 깊은 상처인 것이다.

"하지만 이 1년 동안 이런저런 일이 있었잖아?"

마이는 옆을 힐끔 응시했다. 그녀는 상냥한 눈길을 머금고 있었다. 그래서 사쿠타는 마이가 하고 싶은 말이 무엇인지 눈치챘다. 눈치챘지만, 마이의 말을 통해, 그녀의 목소리를 통해 듣고 싶어서, 사쿠타는 어설픈 연기를 하며 모르는 척했다.

　그 모습을 본 마이는 어이없다는 듯이 웃음을 흘렸다. 하지만 사쿠타의 꿍꿍이에 어울려줬다.

　"사춘기 증후군에 걸렸고, 사쿠타와 만났으며…… 쇼코 양, 그리고 쇼코 씨에 관한 일로 힘든 일도 겪었지만…… 그 덕분에 진정으로 소중한 것을 발견했어."

　마이의 목소리는 점점 작아졌다. 하지만 사쿠타의 귀에는 똑똑히 들렸으며, 또한 그것은 전 세계에서 사쿠타에게만 들리면 되는 말이었다.

　"그 사람에 대한 혐오감이 사라진 건 아니지만, 내 안에서 소중한 것들이 점점 늘어나고, 그 소중한 것들과 뒤섞이면서…… 그만큼 그 혐오감이 옅어진 것처럼 느껴지는 걸지도 몰라. 응, 아마 그럴 거야."

　자신의 생각을 정리하며 말을 이어가던 마이는 개운해진 표정을 지었다. 사쿠타도 그 말에 납득했으며, 마이의 말을 듣고 눈치챈 부분도 있었다.

　감정이라는 것은 독립적으로 존재하는 것이 아니다. 좋은 일이 하나 생기면, 마음이 쓰이던 사소한 일들을 개의치 않게 될 때도 있다. 자신에게 있어 아무리 싫은 일이라도, 단 하나의 「좋았던 일」이 무언가를 용서하는 계기가 되기도 하리라. 마이는 「소중한 것들이 점점 늘어났다」고 방금 말한 것이다.

마이는 자각하지 못했을지도 모르지만, 방금 그 말은 어머니에 대한 혐오감도 「소중한 것」으로 인정한다는 의미였다. 그 점이야말로 소중한 것이라는 생각이 들었다.

"게다가……."

마이는 말을 이으려다 입을 다물었다.

"왜 그래요?"

사쿠타가 쳐다보자, 마이는 그를 지그시 쳐다보며 잠시 생각에 잠긴 후에 입을 열었다.

"교토에서 함께 촬영을 했던 아역 여자애도 나와 같았어."

"같았다고요?"

"2년 전에 아버지가 집을 나가서 모자 가정이 됐대. 대기 시간에 그 아이의 어머니와 이야기를 나눴는데……."

"……묘한 질문이라도 받았어요?"

"반대야. 내가 어째서 자식을 아역으로 데뷔시킨 건지 물어봤어."

"뭐라던가요?"

"「아버지가 없으니, 저희는 평범한 가정이 아니니까요…….」 그런 열등감을 느끼지 않도록, 그 아이를 특별하게 만들어주자고 생각했어요」라는 말을 들었어."

"그건……."

어떤 반응을 보이면 좋을지 감이 오지 않는 이야기였다.

"그리고 「마이 씨는 저희가 동경하는 사람이자, 목표예요」라고 하던데…… 나, 그 말을 듣고 말문이 막혔어."

마이는 딸로 삼고 싶은 아역 넘버원을 오랫동안 독점해온 인기 연예인이다. 아마 아역이 꿈인 이들에게 있어…… 그리고 그런 이들의 부모에게 있어, 마이는 더할 나위 없는 이상적인 딸일 것이다. 그만큼 특별한 존재다. 그런 특별함을 자신의 자식들에게도 주고 싶다고, 부모들이 그리 생각하는 것도 이해는 됐다. 보통 부모는 자신의 자식을 아끼고 사랑하는 법이니까…….

"그 모녀의 사정도 들은 데다…… 어머니의 기대에 부응하려고 하는 여자애와 그 아이의 어머니를 부정할 수는 없었어. 두 사람은 정말 사이가 좋아 보였고, 함께 노력하고 있는 것 같았거든."

"마이 씨도 옛날에는 그랬지 않나요?"

"……."

사쿠타의 말에, 마이는 「맞아」 하고 대답하지는 않았다. 그저, 자신의 이야기를 하기 시작했다.

"잘 기억이 안 나. 정말 바빴거든……. 눈이 핑핑 돌아가는 것 같았다고나 할까, 진짜로 돌아갔을지도 몰라……. 매일 대본을 외우고, 리허설을 하고, 촬영을 하고, 이동하고, 다음 날 촬영 신을 그 사람과 함께 연습하고…… 그것만 쭉 반복했어. 이동 중인 차 안에서 자고, 짧은 휴식 시간에 분장실에서 자고, 며칠 동안 집에도 들어가지 않고 호텔을 전전하기도 했지……."

"그런 생활을 항상 함께한 건가요? 마이 씨의 어머니도 대단한 사람이네요."

마이는 이동 중에 잠을 잘 수 있었겠지만, 차를 운전해야 하는 어머니는 단 한숨도 잠을 잘 수도 없었을 것이다. 마이가 분장실에서 쉬고 있을 때 또한, 그녀의 어머니는 매니저로서 곁을 지켜야 하니 눈을 붙일 수 없었으리라.

사쿠타가 그런 생각으로 한마디 하자, 마이는 그를 힐끔 노려보았다.

"사쿠타는 대체 누구 편이야?"

"물론 마이 씨 편이죠."

"됐어. 이 이야기는 그만할래."

마이는 더 빨리 걸으면서 사쿠타를 두고 앞장서서 나아갔다. 사쿠타가 종종걸음으로 마이를 따라잡자, 그녀는 앞을 보면서 입을 열었다.

"아무튼, 나로서는 아직 이해하기가 어렵다고 생각했어."

"예?"

"자기 딸을 특별하게 만들어주고 싶다 생각하는 어머니의 마음 말이야."

아무래도 마이가 그만하겠다고 말한 것은 자신과 어머니의 아역 시절 이야기인 것 같았다. 아까 전의 화제는 계속 이어지고 있었다.

"전에 아버지가 말했어요. 부모의 마음은 부모가 되었을 때 알면 된다고요."

그 말에는 부모가 되어야만 알 수 있다는 의미도 들어 있지 않았을까.

"그럴지도 몰라. 그럼 원래 하던 이야기로 되돌아가자면…… 나는 그 사람이 여전히 싫어. 하지만 앞으로의 일을 생각하면, 조금은 관계를 개선시키고 싶기는 해."

"앞으로의 일?"

"내 가족을 가지게 됐을 때, 가족이란 게 어떤 건지 모르면 곤란하잖아."

마이는 약간 멋쩍은 표정을 지으며 그렇게 말했다.

"제 상상 속의 마이 씨는 최고의 아내가 되어 있으니까 괜찮을 거라고 생각해요."

"그렇게 되면 좋겠네."

"어? 멋대로 신혼 생활을 상상하지 말라며 화내지 않는 거예요?"

"나 말고 다른 여자로 그런 상상을 하면 화낼 거야."

마이는 마치 춤추는 듯한 걸음걸이로 뒤돌아서면서 멈춰

섰다. 서로가 살고 있는 맨션 앞에 도착한 것이다.

"마이 씨."

"왜?"

"잠시만 짐 좀 들어주지 않겠어요?"

사쿠타는 양손에 들고 있는 슈퍼마켓 장바구니를 들어 보였다.

"이제 집 앞에 도착했잖아?"

"마이 씨를 안아주고 싶은데, 짐 때문에 그럴 수가 없거든요."

방금 같은 귀여운 말을 들으니, 그런 충동이 샘솟았다. 따지고 보면 이건 마이 탓이다.

"사진을 찍혀서 주간지에 실리기라도 하면 곤란하니까 안돼."

마이는 뒤돌아서더니, 졸업증서가 든 통을 쥔 손을 등 너머로 흔들어 보였다.

"네 시까지 갈게."

마이는 일방적으로 그렇게 말한 후, 맨션 안으로 들어갔다. 그리고 그녀의 뒷모습은 곧 사쿠타의 시야에서 사라졌다.

마이가 없어졌으니, 집 앞에서 멀뚱히 서 있을 이유가 없었다. 맞은편 맨션에 들어간 사쿠타는 텅 빈 우편함을 확인한 후, 엘리베이터를 타고 5층까지 올라갔다.

사쿠타는 열쇠로 문을 열고 집 안으로 들어갔다.

"다녀왔어~."

사쿠타가 그렇게 말하며 안으로 들어가자, 코타츠에 들어가서 노트북을 보고 있던 카에데가 얼굴을 들었다.

"오빠, 어서 와."

사쿠타는 슈퍼마켓 장바구니를 부엌에 가져다 둔 후, 옷을 갈아입기 위해 자신의 방으로 향했다.

가방을 침대 위에 던져둔 다음, 교복을 벗었다. 교복 상의와 바지, 와이셔츠…… 그리고 안에 입고 있던 티셔츠와 양말도 벗자, 팬티 한 장만 걸친 상태가 됐다.

실내복인 스웨트 소재 셔츠를 옷장에서 꺼냈다. 그러다 옆에 있는 유리창에 비친 자신의 모습이 눈에 들어온 사쿠타는 위화감을 느꼈다.

"어……?"

묘한 것이 자신의 몸에 존재하는 듯한 느낌을 받았다.

그리고, 그것은 기분 탓이 아니었다.

몸을 일으킨 사쿠타는 유리창 앞에 섰다.

유리창에는 팬티 한 장만 걸친 자신의 모습이 비쳤다. 그리고 복부에는 아스팔트의 균열 같은 흉터가 있었다. 오른쪽 옆구리에서 배꼽까지 이어져 있는 커다란 한 줄기 흉터였다. 방금 딱지가 떨어진 것처럼 하얀색을 띠고 있었다.

"이게 뭐지……?"

그 의문에는 누구도 답해주지 않았다.

자신의 두 눈으로 직접 복부를 살펴봐도, 분명 흉터가 남아 있었다.

3

아까 헤어질 때 말했던 것처럼, 오후 네 시 정각에 인터폰이 울렸다.

"아, 마이 씨겠지? 내가 나가 봐도 돼?"

사쿠타가 안 된다고 말하기도 전에, 카에데는 멋대로 인터폰을 받으며 「예!」 하고 말했다. 그리고 혼자서 마중을 하러 현관으로 나가더니, 마이를 거실로 안내했다. 낯을 가리던 여동생의 성장을 기뻐해야 할지도 모르지만, 자기 역할을 빼앗긴 사쿠타는 왠지 심정이 복잡했다.

"마이 씨, 졸업 축하드려요."

"고마워, 카에데 양."

카에데가 약간 긴장한 표정으로 그렇게 말하자, 마이는 미소를 지으며 그 말에 답했다.

그런 마이는 짐이 한가득한 토트백을 들고 있었다. 맞은편 맨션에 저녁을 먹으러 온 사람이 들고 있기에는 꽤나 큰 가방이었다.

"아하, 자고 갈 거군요."

사쿠타는 일단 자신의 소망을 입에 담았다. 사람의 말에는 분명 불가사의한 힘이 존재하리라.

"그럴 리가 없잖아."

마이는 그 말을 듣더니, 어이없다는 투로 대꾸했다.

"슬슬 그런 일이 일어나도 괜찮을 거 같은데 말이에요."

사쿠타는 작년 여름부터 마이와 사귀기 시작했다. 가을과 겨울을 함께 보내고, 이제 봄을 함께 맞이하고 있는 것이다. 사귀기 시작하고 반년 이상이 지났다.

"카에데 양 앞에서 이상한 소리 하지 마."

마이는 딱 잘라 그렇게 말했다.

"마이 씨 말이 맞아, 오빠."

소 흉내를 내듯 말끝을 늘이며 「차암~」하고 말한 카에데가 삐친 듯한 반응을 보였다. 동생께서는 얼룩덜룩한 생물을 좋아하는 것 같았다.

"사쿠타의 수험 공부에 도움이 될 만한 참고서를 가지고 왔어."

마이는 그렇게 말하며 가방에서 꺼낸 책 다발을 사쿠타에게 떠넘겼다. 사쿠타는 순순히 받아뒀다. 마이가 주는 선물은 뭐든 전부 받아두자는 마인드다.

"그리고 이것도 받아."

마이가 그렇게 말하며 준 것은 DVD가 들어 있는 플라스틱 케이스였다. 패키지의 윗부분에는 『코코노에』라고 적혀 있었다. 그것은 『사쿠라지마 마이』의 데뷔작이자 출세작인 아침 드라마의 타이틀이었다.

텔레비전 화면 안에서는 여섯 살인 마이가 엉엉 울고, 목청껏 고함을 지를 뿐만 아니라, 전력으로 달리다 넘어지며…… 씩씩하면서도 갸륵한 여자 주인공을 연기하고 있었다.

완전히 몰입한 채 드라마를 시청 중인 카에데는 초반 부분에서「마이 씨, 대단해」,「마이 씨, 귀여워」 같은 소리를 했지만, 곧 이야기와 연기에 매료된 나머지 말문이 막혔다. 입을 반쯤 벌린 채, 화면에 집중하고 있었다. 여자 주인공이 웃으면 함께 웃고, 울면 함께 울었다.

이 드라마의 방송 당시, 카에데는 아직 세 살이라서 제대로 시청하지 못했었다. 사쿠타 또한 때때로「이 장면은 본 적이 있는 걸」하고 생각하는 정도였다. 방송 당시에 시청한 기억은 없고, 인기 드라마를 재조명하는 특별 방송 등을 통해 본 기억은 있었다.

"사쿠타, 나 좀 도와줘."

그 말을 듣고 고개를 돌려보니, 앞치마를 한 마이가 부엌에서 사쿠타를 향해 손짓을 하고 있었다.

텔레비전에서 눈을 떼며 부엌으로 향한 사쿠타는 저녁 식사를 준비 중인 마이를 돕기로 했다. 오늘 식사 자리는 명목상 마이의 졸업 파티이니, 마이 혼자서 전부 요리하게 하는 건 좀 그랬다.

"여기에 칼집 좀 넣어줘."

사쿠타는 넘겨받은 소시지의 포장지를 뜯었다. 그리고 굽는 도중에 터지지 않도록, 세 개씩 칼집을 넣었다.

"그런데, 어때?"

마이의 시선은 텔레비전 화면을 향하고 있었다.

"나는 지금의 마이 씨가 훨씬 귀엽다고 생각해요."

"그건 나도 알아."

마이는 쓸데없는 소리를 하지 말라는 듯이 사쿠타의 발을 살짝 밟았다. 마이는 현재의 자신과 과거의 자신을 비교하기 위해서 아침 드라마의 DVD를 가지고 온 게 아니었다.

사쿠타가 시치리가하마의 해변에서 만났다는 여자애가 신경 쓰여서 가지고 온 게 틀림없다.

"닮았어요. 아니, 똑같아요."

사쿠타는 영상을 본 순간이 아니라, 패키지 뒷면에 실린 사진을 보자마자 그렇게 느꼈다. 그 정도로 많이 닮은 것이다.

"그렇구나."

"하지만, 그렇기 때문에 위화감이 느껴진다고나 할까……."

"위화감? 어떤 위화감인데?"

"너무 닮았어요. 말투까지도 말이에요."

처음에는 신경 쓰이지 않았다. 하지만 영상을 보다 보니, 사쿠타는 바닷가에서 만난 여자애와 영상 속의 인물이 너무 흡사하다는 사실에 위화감을 느꼈다.

화면 속의 어린 마이는 엄연히 마이지만, 연기를 하고 있다는 의미에서 본다면 마이가 아니다. 마이 본인이 아니라, 자신이 맡은 역할을 완벽하게 연기하고 있는 마이다. 그러니 외모는 비슷하더라도, 행동거지나 말투, 성격은 진짜 본인과 좀 달라야 정상일 것이다. 하지만 그런 위화감이 전혀 느껴지지 않았다.

"그러니까, 제가 만난 건 텔레비전 속에 존재하는 과거의 마이 씨라는 생각이 들어요."

자신이 느낀 감각을 있는 그대로 말로 표현하자면, 이게 가장 적절할 것 같은 느낌이 들었다.

"으음, 더 모르겠네."

마이는 양파를 한 손에 든 채 당혹스러운 표정을 지었다. 확실히 마이의 말이 옳았다. 상황이 좋아진 것 같지만, 실은 그렇지 않았다. 그저 수수께끼가 더욱 깊어진 느낌이 들었다.

"어? 이걸로 끝이야?"

카에데의 목소리를 듣고 텔레비전 쪽을 쳐다보니, DVD의 재생이 종료되었는지 메뉴 화면으로 돌아가 있었다.

"마이 씨, 다음 편은 없나요?"

이야기는 아직 끝나지 않았을 것이다. 카에데는 다음 내용이 신경 쓰이는지 마이 쪽을 돌아보면서 그렇게 말했다.

"미안해. 내가 지금 가지고 있는 건 1권뿐이야. 노도카라면 전권을 다 가지고 있을 것 같은데……."

"역시 시스콤 아이돌답네요."

"다음에 노도카 씨한테 물어볼게요."

카에데는 디스크를 꺼내더니, 조심조심 케이스에 집어넣었다.

"노도카 씨도 오늘 오면 좋았을 텐데……."

본인은 오고 싶어 했지만, 노도카가 소속된 아이돌 그룹 『스위트 불릿』의 지방 원정 스케줄과 겹치는 바람에 오지 못했다. 지금쯤 니이가타의 어딘가에서 금발을 휘날리면서 노래하며 춤추고 있을 것이다. 팬들은 「도카 양~」 하고 성원을 보내고 있으리라.

"카에데 양은 노도카와 많이 친해진 것 같네."

마이는 기쁘다는 듯이 미소 지었다. 카에데가 다양한 것들을 되찾아가는 중이라는 사실을 기뻐해주고 있었다. 단순히 생각하자면, 사쿠타의 여동생과 자신의 여동생이 친하게 지내는 게 기쁜 것 같았다.

"진로가 결정될 때까지 노도카 씨한테 공부를 배우면서, 친해졌어요."

그때는 크게 도움이 되었다. 금발 날라리 같은 외모와 달리, 노도카는 공부도 잘하고, 가르치는 것도 잘할 뿐만 아니라, 남도 잘 챙겨줬다. 카에데가 따르는 것도 납득이 됐다.

사쿠타가 그런 생각을 하고 있을 때였다.

"오빠."

카에데가 부엌으로 왔다.

"왜?"

"나도 돕고 싶어."

"그럼 카에데 양은 나와 같이 양파를 썰자."

"예."

"어~, 나도 마이 씨와 같이 양파를 썰고 싶은데~."

"사쿠타는 그거 끝난 다음에 쌀을 씻어."

사쿠타의 소소한 소망은 안타깝게도 깔끔하게 무시당했다.

이날, 마이와 사쿠타와 카에데가 협력해서 만든 것은 직접 재료를 넣고 김에 말아먹는 손말이 초밥이었다. 하지만 단순한 손말이 초밥이 아니었다. 핫플레이트로 구운 고기와 소시지 같은 것을 넣어서 만드는 손말이 초밥이다. 마이는 이러려고 해산물과 고기와 채소를 골고루 산 것이다.

각자가 만든 오리지널 손말이 초밥을 서로에게 자랑하며 저녁 식사를 즐기니 이야기꽃도 피었고, 순식간에 준비한 음식을 다 먹어치웠다.

식사를 마친 후에는 차를 홀짝이며 느긋하게 이야기를 나누거나, 텔레비전을 보거나, 광고 타임 때마다 화면에 나오는 마이와 실물을 비교하면서 시간을 보냈다.

설거지와 뒷정리는 마이가 나스노와 노는 사이에 사쿠타

가 혼자서 했다. 그것이 끝났을 즈음에는 시곗바늘이 밤 아홉 시를 가리키고 있었으며, 사쿠타는 평소와 마찬가지로 욕조에 따뜻한 물을 받았다.

목욕 준비가 끝나자 카에데가 욕실에 들어갔고, 그제야 사쿠타는 마이와 방에서 단둘만의 시간을 가질 수 있었다.

그렇다고 침대에 걸터앉아서 적당히 무드를 잡지도 않았다. 두 사람은 사쿠타의 방에서 접이식 테이블을 사이에 두고 마주 앉아 있었다. 테이블 위에는 영단어가 적힌 공책이 펼쳐져 있었다. 저 공책에 영단어를 쓴 사람은 사쿠타. 그리고 마이가 빨간색 펜으로 채점을 하고 있었다. 하루 할당량의 영단어를 제대로 암기하고 있는지 쪽지 시험을 친 것이다.

"사쿠타, 잠시 네 방에 같이 가자."

……같은 의미심장한 발언으로 사쿠타를 방으로 유인하더니…….

넙죽넙죽 그가 따라간 결과가 바로 영단어 쪽지 시험이었다.

결과는…… 매일같이 열심히 외운 덕분인지, 9할가량을 맞췄다. 90점이다. 아르바이트 도중의 휴식 시간이나 학교에서의 쉬는 시간, 등하교 때 전철 안에서 열심히 공부한 보람이 있었다. 이 정도 점수면 마이도 칭찬해줄 것이다.

하지만 채점을 마친 마이의 표정은 좋지 않았다.

"나쁘지는 않네."

그녀는 약간 낙담한 듯한 어조로 그렇게 말했다.

"마이 씨는 제가 몇 점을 받으면 칭찬해줄 거예요?"

다음을 위해 물어보기로 했다.

"백점 만점."

너무하다는 생각이 들 정도의 대답을 들었다.

"어~."

"그냥 외우기만 하는 거니까 그 정도 점수는 받아야 하지 않겠어? 게다가 아직 초급 단어잖아."

마이가 지당하기 그지없는 발언을 입에 담자, 사쿠타는 반박을 할 수가 없었다. 마이는 자기 자신에게 엄격하며, 또한 남에게도 엄격했다. 하지만 사쿠타는 안다. 마이가 사쿠타에게는 아주 약간 무르다는 사실을 말이다. 그리고 때때로 엄청 물러진다는 것도…….

"카에데 양의 진로 때문에 여러모로 힘들었을 텐데, 이만큼 하느라 고생했다고는 생각해."

채찍질 다음에는 당근을 줬다.

"그러니까, 소소한 포상을 줄까 싶네."

"정말요?!"

사쿠타는 무심코 엉덩이를 바닥에서 뗐다.

"뭔가 바라는 게 있어?"

"아, 그 전에…… 실은, 마이 씨가 봐줬으면 하는 게 있어요."

중요한 일이 생각난 사쿠타는 몸을 일으키면서 상의를 단숨에 벗어 던졌다. 순식간에 상반신 알몸이 된 것이다.

"소, 소소한 포상이라고 내가 말했지?!"

마이는 볼을 붉히면서 고개를 살며시 돌렸다. 그러면서도 그녀는 사쿠타 쪽을 곁눈질했다. 그런 마이의 시선이 사쿠타의 복부를 향했다.

"……어?"

마이의 입에서는 순수한 놀라움이 어려 있는 목소리가 흘러나왔다.

"어? 대체 어떻게 된 거야?"

사쿠타의 옆구리에서 배꼽 쪽을 향해 쭉 뻗어 있는 하얀 흉터가 눈에 들어왔기에 마이는 곧 진지한 표정을 지으며 그렇게 물었다.

"모르겠어요."

사쿠타는 우선 솔직하게 대답했다.

"언제부터 이랬던 거야?"

"아침에 옷을 갈아입으려고 할 때는 없었어요. 그런데 하교 후에 집에 돌아와서 옷을 갈아입을 때 보니 이렇더라고요."

마이는 몸을 일으키더니, 사쿠타에게 다가왔다.

"만져볼게."

마이는 그렇게 말하면서 사쿠타의 복부에 있는 하얀 흉터를 손가락으로 만졌다. 그녀의 손가락이 새하얀 피부 부분을 매만졌다.

"이상한 소리는 안 내네?"

"저도 방금 안 건데…… 마이 씨가 거기를 만져도 아무런 느낌도 안 들어요."

"이러는데도 말이야?"

마이는 흉터 부분을 매만지는 손에 더 힘을 줬다. 그런데도 아무런 감촉도 느껴지지 않았다.

"모처럼 마이 씨가 매만져주는데도, 아무 느낌도 없네요."

"요상한 표현 쓰지 마."

"기왕이면 마이 씨를 느끼고 싶거든요."

마이는 질색하는 듯한 표정을 지으며 사쿠타에게서 손을 뗐다.

"사쿠타가 바다에서 만났다는 초등학생 시절의 나와 관련이 있는 걸까?"

아직은 이 흉터와 그 여자애가 어떤 관계인지 알 수가 없었다. 진짜로 연관이 있는지도 알 수 없었다. 이 짧은 시간 동안 불가사의한 일이 연이어 일어나자, 어떤 식으로든 연관이 있을지도 모른다는 의심이 들기는 했다. 그 정도로 타이밍이 절묘했던 것이다.

마이는 사쿠타가 방금 벗은 옷을 주워서 그에게 내밀었다. 그녀의 눈은 「감기 걸릴지도 모르니까 빨리 입어」라는 말을 하고 있었다.

사쿠타는 순순히 옷을 입은 후, 다시 방석에 앉았다. 그런 사쿠타를 응시하고 있는 마이의 눈동자에는 희미한 불안이 어려 있었다.

"뭐, 그래도 괜찮아요."

"어떤 근거로 괜찮다는 건데?"

마이는 사쿠타의 앞에 앉더니, 그의 눈을 지그시 응시했다. 사쿠타는 자신을 걱정하는 마이의 마음을 느낄 수 있었다.

"무슨 일이 있더라도, 저는 마이 씨만 있으면 괜찮거든요."

그래서 사쿠타 또한 마이를 응시하며 진지한 어조로 그렇게 말했다.

"저와 마이 씨라면, 그 어떤 일이 생겨도 분명 괜찮을 거예요."

사쿠타가 단호한 어조로 그렇게 말하자…….

"그래."

마이는 약간 멋쩍은 듯이 미소를 지었다. 하지만 그녀는…….

"쇼코 씨는 이제 없잖아."

사쿠타의 표정을 살피며, 그런 심술궂은 소리를 했다.

역시 마이다. 간단히 주도권을 사쿠타에게 넘겨주지는 않았다. 마이의 기분을 맞춰주며 어리광을 부리려 하는 사쿠타의 속셈을 내다보고 있는 것이다. 그리고 사쿠타에게 가장 효과적인 카운터를 날렸다.

"……."

사쿠타가 말문이 막힌 듯한 반응을 보이자, 마이는 의기

양양한 표정을 지으며 사쿠타를 응시했다. 하지만 「아, 맞아」 하고 말하면서 이 방에 가져온 토트백을 향해 손을 뻗었다. 그리고 그 안에서 드라마 대본을 꺼냈다.

또 신작의 촬영이 시작되는 걸까. 그 사실을 알려주려는 걸까. 사쿠타는 그렇게 생각했지만, 마이는 대본 사이에 끼워져 있던 종이를 꺼내더니, 대본은 다시 가방에 넣었다.

"이걸 줄게."

"이게 뭔데요?"

테이블 위에 놓인 것은 반으로 접힌 용지였다.

"부적 같은 거야."

"부적?"

"응."

사쿠타가 물어봐도 마이는 약간 멋쩍어하기만 할 뿐, 이게 무엇인지 가르쳐주지는 않았다.

이게 무엇이기에 부적 같은 거라는 걸까.

사쿠타는 의아하게 생각하면서, 반으로 접힌 종이를 테이블 위에 펼쳤다.

이름과 본적 같은 사무적인 기입란이 존재하는 용지였다.

자세히 살펴보니, 『혼인 신고서』라고 적혀 있었다.

"어?"

한눈에 알아보지 못한 것은 일반적인 혼인 신고서와 디자인이 다르기 때문이다. 기입란 주위는 하늘과 바다 느낌의 푸른색으로 채색되어 있으며, 아래편에는 요트가 떠 있을 뿐만 아니라 에노시마도 그려져 있었다.

"얼마 전에 영화 선전을 위해 나갔던 한낮의 정보 방송에서, 각 지역의 특색 있는 혼인 신고서를 소개하는 코너를 했어."

마이는 빠른 어조로 그렇게 말했다.

에노시마가 그려져 있는 것을 보면, 이것은 후지사와시의 혼인 신고서일 것이다.

"방송에서 쓰였던 걸 스태프 분이 재미 삼아 나한테 줬어. 내가 후지사와에 산다는 걸 아는지, 「예의 남친과 결혼할 때 써주세요」 하고 말하면서 주더라니깐."

마이는 마치 이게 전부 사쿠타 탓이라는 듯한 투로 말했다. 표정 또한 약간 삐친 어린애 같았다. 마이가 멋쩍어할 때 짓는 표정이다.

"그러니까, 내가 일부러 받아 온 건 아냐."

마이는 그 점이 중요하다는 듯이 강요했다.

"저기, 마이 씨."

"왜?"

마이는 경계심이 묻어나는 목소리로 그렇게 말했다.

"마이 씨의 이름을 적어주면 안 될까요?"

디자인이 특색 있는 이 용지는 현재 모든 칸이 비어 있었다.

"그러면 더 효험이 있을 것 같거든요."

사쿠타가 그렇게 말하자……

"이름만이야."

마이는 작은 목소리로 그렇게 말하면서 혼인 신고서를 빼앗아 갔다. 그리고 그 용지의 『아내가 될 사람』 난에 『사쿠라지마 마이』라고 예쁜 글씨체로 적었다. 지그시 쳐다보고 있는 사쿠타의 시선 때문에 간지러워하는 듯한 반응을 보이면서 말이다.

마이는 그 혼인 신고서를 사쿠타에게 돌려줬다.

"받아. 이제 됐지?"

"저, 다음 달 10일이 생일이에요."

약 한 달 뒤인 4월 10일이다.

"알아."

"어? 제가 말했어요?"

"카에데 양한테서 들었어."

마이는 연인의 생일도 몰랐던 사쿠타와 자기를 똑같이 취급하지 말라는 듯한 표정을 짓고 있었다. 사쿠타는 그 표정에 담긴 의미를 눈치채지 못한 척하며 마이로부터 볼펜을 넘겨받더니, 『남편이 될 사람』 난에 『아즈사가와 사쿠타』라고 자신의 이름을 정성 들여 적었다. 지금까지 살아오면서 이렇게 정성 들여 자기 이름을 쓴 건 처음이라는 생각이 들었다.

"아무튼, 저는 다음 달이면 열여덟 살이 돼요."

"선거는 꼭 해."

"관공서에 가서 이걸 제출할 수도 있어요."

"멋대로 제출하면 화낼 거야."

이 나라에서는 열여덟 살 이상인 남녀는 결혼을 할 수 있다.

"좀 혼날 뿐이라면, 확 제출해버릴까……."

"그럼, 헤어질래."

"어~."

"이런 건 함께 내고 싶거든."

마이는 사쿠타를 슬며시 올려다보며 그렇게 말했다. 이렇게 귀여운 발언을 듣자, 사쿠타는 「예, 맞아요」 하고 대답할 수밖에 없었다.

"그럼 이건 마이 씨가 가지고 있어요."

사쿠타는 정성 들여 접은 혼인 신고서를 마이에게 내밀었다.

"제가 가지고 있다간 확 제출해버릴 것 같거든요."

"하지만 그래서는 사쿠타가 이 부적의 효험을 누릴 수 없잖아?"

"우리 둘의 이름이 적힌 혼인 신고서를 마이 씨가 항상 가지고 다니는 게, 더 효험이 있을 것 같거든요."

"사쿠타가 정 그걸 원한다면…… 아, 그래도 항상 가지고 다니지는 않을 거야."

"에이~, 그러면 효험이 없을 거라고요."

"하아, 알았어. 가능한 한 가지고 다닐게."

평소 같은 어조로 그렇게 대답한 마이는 토트백에서 꺼낸 대본에 혼인 신고서를 끼운 후, 가방 안에 넣었다.

"일단 새로운 흉터와 바다에서 만난 여자애에 관해서는 내일이라도 후타바와 상의해볼게요."

"응. 그러는 게 좋겠어. 하지만, 그 전에……."

마이는 앉은 채로 엉덩이를 약간 들더니, 무릎걸음으로 사쿠타의 곁으로 다가왔다.

"마이 씨?"

"흉터를 다시 보여줘."

사쿠타는 대답 대신 그 자리에서 바로 상의를 벗어 던졌다.

"약간 걷어 올리기만 하면 돼."

마이가 꾸짖었지만, 이미 벗어버렸으니 어쩔 수 없다.

"예전 흉터와는 다르네……."

마이는 사쿠타의 복부 쪽으로 얼굴을 내밀었다. 그녀의 숨결이 닿은 옆구리 근처가 간지러웠다. 하지만 그 점을 지적했다간 마이가 얼굴을 뗄 게 뻔했기에, 사쿠타는 그냥 참기로 했다.

"지금은 사라진 예전 흉터는 부르튼 것 같았는데 말이야."

그것은 찢어졌던 상처가 아물며 생긴 흉터 같았다. 하지만 이번 상처는 심하게 긁힌 상처에 앉은 딱지가 방금 떨어져 나간 느낌이었다. 타들어간 것 같던 예전 흉터와 다르게, 전체적으로 하얀색을 띠고 있었다.

하지만, 방 안에 단둘이 있는 상황에서 마이가 자신을 향해 얼굴을 쑥 내밀고 있으니, 흉터 같은 건 솔직히 말해 안중에도 없었다.

두 손을 뻗으면 꼭 안을 수 있는 거리에 마이가 있었다. 상반신 알몸인 사쿠타에게 무방비하게 다가와 있었다. 공기를 통해 마이의 체온이 느껴질 것만 같았다.

"……."

게다가 마이한테서 흘러나오는 향긋한 체취가 계속 코끝을 스쳤다.

"뭐야. 왜 아무 말도 안 하는 건데?"

사쿠타와 밀착해 있던 마이는 의아한 표정을 지으며 고개를 들었다. 시선이 마주치자, 긴 속눈썹이 드리워진 마이의 눈이 두 번 정도 깜빡였다. 멀리서 볼 때도 귀엽지만, 이렇게 가까이에서 보니 더 귀여웠다.

"잘못한 사람은 마이 씨라고 생각하는데 말이죠."

"……응?"

"지금, 이 방에는 우리 둘뿐이라고요."

"……."

사쿠타가 무슨 말이 하고 싶은 건지 눈치챈 마이가 고개를 슬며시 돌렸다.

"……맞아. 괜히 자극한 나한테도 잘못이 있을지도 몰라."

마이는 자기 자신을 향해 말하는 어조로 그렇게 중얼거렸다.

"마이 씨?"

"하지만 카에데 양이 곧 욕실에서 나올 테니까……."

"테니까?"

"……그러니까, 키스만이야."

마이는 사쿠타를 향해 고개를 돌리며 그렇게 말했다.

그리고 마이는 슬며시 눈을 감았다.

사쿠타가 바닥에 놓인 마이의 손 위에 자신의 손을 올려두자, 마이의 몸이 한순간 부르르 떨렸다. 그래도 사쿠타가 깍지를 끼자, 마이 또한 사쿠타의 손을 움켜쥐었다.

그런 두 사람 사이의 간격이 점점 좁혀졌다.

바로 그때, 느닷없이 전화벨이 울렸다. 집의 전화가 울리고 있었다. 방 밖…… 거실 쪽에서 벨소리가 들리고 있었다.

"전화 왔어."

마이가 눈을 감은 채 입을 열었다.

"지금은 그것보다 훨씬 중요한 일이 있거든요."

사쿠타는 마이와 맞잡은 손에 힘을 주면서 얼굴을 내밀었다.

"오빠, 전화 왔어~!"

이번에는 세면장 쪽에서 목소리가 들려왔다. 욕실에서 나온 카에데가 전화 소리를 들은 것 같았다.

"카에데가 받아~!"

사쿠타는 방 밖을 향해 고함을 질렀다.

"정말~."

카에데가 불평을 늘어놓으면서도 거실을 향해 뛰어가는

소리가 문 너머에서 들려왔다. 드디어 방해꾼이 사라졌다. 사쿠타가 그렇게 생각한 순간…….

"오빠, 아빠 전화야."

또 카에데의 목소리가 들려왔다.

"……."

"……."

그 말을 듣고, 흥분으로 가득 차 있던 마음이 식어버렸다. 마이는 일부러 헛기침을 하면서 사쿠타와 떨어졌다.

"빨리 가봐."

그리고 그녀는 사쿠타의 상의를 내밀며, 약간 아쉬운 듯한 어조로 그렇게 말했다.

사쿠타는 건네받은 옷을 입었다. 그리고 전화를 받기 위해 거실로 나가자, 카에데가 「빨리 받아봐」 하고 말하며 손짓을 했다. 그것도 목욕 수건 하나만 걸친 채로 말이다. 머리카락도 아직 젖은 상태였다.

"카에데, 그러다 감기 걸려."

"이게 다 오빠 탓이잖아~."

카에데는 볼을 부풀리더니, 사쿠타에게 수화기를 떠넘겼다.

"아버지? 무슨 일이야?"

사쿠타가 전화를 받자, 자기 할 일을 마친 카에데가 서둘러 세면장으로 돌아갔다. 그러자 세면장으로 이어지는 바닥에 물기로 된 발자국이 생겼다. 나스노는 그것을 피해서 걷고 있었다. 이 집 가족의 일원은 2차 재해를 미연에 방지할 정도로 똑똑했다.

『너희 엄마가 말이다…….』

아버지가 사쿠타에게 건넨 말에는 긴장이 어려 있었다.

"응…….."

사쿠타 또한 그 긴장을 감지했다.

『이번에 자택 요양을 허락받았단다.』

"아…… 응. 많이 좋아졌구나."

『그래. 그리고 카에데가 좋아졌다는 이야기를 들더니…… 만나고 싶다는구나.』

"엄마가 말이야?"

다른 의미일 리가 없다. 방금까지 어머니 이야기를 했으니까 말이다. 그런데도 사쿠타가 되물은 것은 최근 2년 동안 상상도 못 한 말을 들었기 때문이다. 그래서 자신이 제대로 들은 건지 확인하듯 되묻고 말았다.

『그래.』

아버지는 긍정의 의미가 어려 있는 목소리로 대답했다.

"그렇구나…….."

사쿠타는 은근슬쩍 전화기의 디스플레이를 확인했다. 거기에는 아버지의 전화번호가 표시되어 있었다.

『그래.』

"응. 그렇구나."

사쿠타는 시선을 느끼고 전화기에서 시선을 뗐다. 그러자, 잠옷을 입은 카에데가 거실에서 수건으로 머리카락을 닦고 있었다.

　"엄마가…… 왜?"

　사쿠타의 말을 듣고, 어머니에 관해 이야기한다는 사실을 눈치챘으리라. 카에데는 흥미와 의문, 그리고 불안이 섞인 눈길로 사쿠타를 쳐다보았다.

　"아버지, 전화 끊지 말고 잠시만 기다려줘."

　『그래.』

　사쿠타는 아버지의 대답을 듣고 수화기를 귀에서 뗐다. 그리고 카에데를 쳐다보며 입을 열었다.

　"저기, 카에데."

　"으, 응?"

　마이도 신경이 쓰이는지 사쿠타의 방에서 나와 있었다. 그런 그녀가 카에데의 뒤편에 섰지만 사쿠타의 의식은 현재 카에데에게 집중되어 있었다.

　"엄마를 만나고 싶어?"

　카에데는 사쿠타의 질문을 듣고 놀랐는지 눈을 치켜떴다. 하지만 애초부터 그 질문에 대한 대답은 정해져 있었던 것처럼…….

　"만나고 싶어."

　……하고 바로 대답했다.

"만나러 가고 싶어."

……하고, 고쳐 말했다.

"엄마를, 만나러 가고 싶어."

카에데는 자신의 마음을 확인하듯, 다시 한번 자신의 마음을 입에 담았다.

사쿠타는 그런 카에데를 향해 고개를 끄덕인 후, 다시 수화기를 귀에 댔다.

"아버지."

『……들렸단다.』

아버지의 목소리는 약간 젖어 있었다. 하지만 그걸 괜히 지적할 필요는 없다고 생각한 사쿠타는 「응」 하고 짤막하게 대답했다.

지금은 그것만으로 충분하다는 생각이 들었다.

4

"뜻밖이네. 아즈사가와는 로리콤이 아닌데 말이야."

꿈에서 본 어릴 적 마이와 현실에서 만났다는 이야기를 사쿠타가 하자, 리오는 대뜸 그렇게 말했다.

"너도 그렇게 생각하지?"

사쿠타는 복부의 흉터를 보여주기 위해 벗었던 와이셔츠의 단추를 잠그면서 원형 의자에 앉았다.

졸업식 다음 날. 3월 2일, 월요일. 히나마츠리[#1] 전날.

수업이 끝나고, 창밖에 펼쳐진 운동장에서는 야구부의 고함 소리가 들려오는 평범한 방과 후다. 졸업식 다음 날인데도 불구하고 교내의 분위기는 평소와 별반 다르지 않았다. 3학년이 이 학교를 떠나면서 한산해지기는 했지만, 학생들은 그 점에서 위화감을 느끼지는 않는 것 같았다.

사쿠타 또한 평소처럼 학교에 등교해서, 평소처럼 수업을 받았고, 평소처럼 물리 실험실에 들렀다.

사실 2월부터 3학년은 자유 등교라 학교에 거의 오지 않았기 때문에, 3학년이 없는 교내 분위기에 자연스레 익숙해진 것이리라. 마이 이외의 3학년과 접점이 없던 사쿠타에게 있어서는 졸업이 별다른 의미를 지니지 않기 때문이기도 하겠지만 말이다……

"……"

리오가 생각을 정리하는 사이, 사쿠타는 그녀를 방해하지 않기 위해 비커 주위에 붙어 있는 조그마한 물방울을 멍하니 쳐다보았다. 알코올램프의 불길이 사쿠타가 토한 입김에 의해 희미하게 흔들렸다.

비커의 물이 끓자, 리오는 아무 말 없이 뚜껑으로 불을 껐다.

"상황적으로 볼 때, 원인은 아즈사가와 혹은 사쿠라지마

#1 히나마츠리(雛祭り) 매년 3월 3일에 일본에서 열리는 여자아이의 건강과 행복을 비는 민속 축제. 히나단(ひな壇)이라는 제단에 히나 인형이라고 하는 전통 인형을 장식한다.

선배에게 있다고 생각하는 편이 타당하지 않을까?"

리오는 커피가 담긴 머그컵을 유리로 된 실험용 막대로 저었다. 그리고 우유를 넣자, 커피와 우유는 소용돌이를 일으키며 맛있게 섞였다. 리오는 완성된 커피를 한 모금 마신 후, 머그컵을 테이블에 내려놓았다. 그리고 고개를 들더니, 짐작 가는 구석은 없는지 눈빛만으로 물었다. 물론, 사춘기 증후군 발생의 원인으로 짚이는 데가 없는지 묻는 것이다.

"세상에서 가장 귀여운 애인이 있는 나한테, 고민 같은 게 있을 것 같아?"

그 귀여운 애인의 소원을 들어주기 위해 필사적으로 수험 공부를 하느라 죽을 맛이기는 하지만 말이다.

"그럼, 사쿠라지마 선배 쪽은 어때?"

"딱히 짚이는 데는 없어 보였어. 마이 씨가 어머니와 사이가 안 좋다는 것은 전부터 알고 있었거든. 그래서 처음에는 그것 때문일지도 모른다고 의심했는데……."

"그게 원인이 아니라고 단언하는 근거는 있어?"

"어느새 사이가 조금은 개선된 것 같더라고."

어제, 졸업식 후에 사쿠타는 마이의 어머니를 소개받았다. 그것도 마이가 직접 소개를 해줬다.

마이는 어머니를 향한 혐오감이 사라지는 일은 앞으로도 없을 거라고 말했지만, 시간이 흐르면서 그 모녀의 관계가 좋은 쪽으로 나아가고 있는 건 사실이라는 생각이 들었다.

물론, 문제가 완전히 해소된 것은 아니다.

하지만, 사춘기 증후군이 발병할 정도의 일은 아니라고 사쿠타는 느꼈다.

마이는 어머니를 향한 자신의 감정을 제어할 수 있을 만큼 강하며, 그 응어리를 인정하면서 자신의 마음을 정리하려 하고 있다. 검은색 아니면 흰색으로 딱 잘라 단정을 짓는 게 아니라, 회색인 채로 농도에만 변화를 주려는 것이다.

사쿠타도 그편이 나을 거라고 생각하며, 다른 해결책은 없을 거라고 여겼다.

마이 또한 모녀 관계가 예전으로 되돌아갈 수 없다는 사실을 알고 있는 것이다. 이미 인정했으며, 본인도 눈치챘다. 그렇기 때문에, 사쿠타는 괜찮을 거라고 느꼈다.

"그렇다면, 역시 아즈사가와한테 문제가 있는 게 아닐까?"

"아까도 말했잖아? 그럴 리가 없다고."

"너무 행복해서 무섭다거나?"

리오는 커피를 홀짝이면서 될 대로 되라는 투로 그렇게 말했다.

"그런 이유로 사춘기 증후군이 일어날 거라고 생각해?"

"가능성이라면 있지 않을까? 그것 또한 인간의 마음에 생겨난 불안이잖아. 지금 느끼고 있는 행복이 무너지는 것이 무섭다고 생각하는 사람도 이 세상에는 있대."

나는 이해가 안 되지만 말이야, 하고 리오는 덧붙여 말했다.

"나는 지금보다 더 행복해질 거니까, 불안 같은 건 안 느껴."

"참 좋겠네."

리오는 비꼬는 듯한 투로 그렇게 말했다. 하지만 그렇게 말하며 희미하게 웃고 있는 리오의 표정에는 부정적인 감정이 어려 있지 않았다. 약간 어이없어하고 있기는 하지만, 얼마든지 행복해지라고 말해주고 있는 듯한 느낌이 들었다.

"사쿠라지마 선배와 닮은 여자애 말이야."

리오는 이야기를 돌리려는 듯이 표정을 약간 굳혔다.

"응?"

"아즈사가와한테만 보였지?"

"그래."

"그 자리에 왔던 사쿠라지마 선배에게는 보이지 않았던 거야?"

리오는 확인하는 듯한 투로 그렇게 물었다.

"맞아."

사쿠타는 고개를 끄덕이며 대답했다.

"만약 그게 『두 사람은 동시에 존재할 수 없다』 혹은 『두 사람을 동시에 인식할 수 없다』 같은 상태라면, 사쿠라지마 선배와 그 여자애 사이에는 어떤 식의 인과관계가 성립한다는 걸 뜻할지도 몰라."

"두 명의 후타바를 동시에 관측할 수 없었던 것처럼 말이야?"

"혹은 쇼코 양과 쇼코 씨를 동시에 관측할 수 없었던 것처럼 말이지."

"……그렇구나."

"아즈사가와의 복부에 생긴 새로운 흉터와의 관계는 모르겠네."

"후타바도 모르는구나."

"정 신경 쓰인다면, 쇼코 양에게 물어보는 게 어때?"

"뭐~, 그런 방법도 있긴 하지."

"쇼코 양은 여러 미래를 체험한 기억을 가지고 있잖아?"

"그래서 묻지 않는 거야."

"쇼코 양이 아무 말 없이 오키나와에 갔기 때문이야?"

"응."

일부러 가르쳐주지 않은 거라면, 그것은 가르쳐줄 필요가 없을 만큼 사소한 문제이기 때문이리라. 설령 발생하더라도, 사쿠타라면 해결을 할 수 있는 문제인 것이다.

하지만 그런 게 아니라면, 여러 미래를 체험한 쇼코도 모르는 사태라면, 절대로 물어봐선 안 된다. 괜히 물어봤다간 쇼코에게 걱정을 끼칠 테니까 말이다.

"마키노하라 양은 자신의 인생을 구가하느라 바쁘거든."

그것을 방해하고 싶지는 않다.

"누구보다도 행복해졌으면 해."

"사쿠라지마 선배라는 애인이 있으면서, 그런 소리를 해도 되는 거야?"

"마이 씨와는 함께 행복해질 거니까 괜찮아."

그러기로 이미 약속을 했고, 설령 약속을 하지 않았더라도 그럴 생각이다.

"그렇다면 배에 이상한 흉터 같은 게 생기거나 할 때가 아니네."

"맞아."

사쿠타는 그렇게 대답하더니, 칠판 위에 걸려 있는 시계를 쳐다보았다.

네 시가 다 되어 갔다.

"데이트 약속이라도 한 거야?"

리오가 시간을 확인하는 사쿠타를 보고 그런 소리를 했다.

"뭐, 비슷해."

사쿠타는 대충 대답하면서 의자에서 일어났다. 그리고 가방을 어깨에 걸친 후…….

"바람 좀 적당히 피워."

……라는 리오의 말을 들으면서, 사쿠타는 물리 실험실을 나섰다.

5

학교를 나섰는데도 아직 하늘이 밝았다. 겨울이었다면 서쪽 하늘에 노을이 졌을 시간이다. 푸른 하늘을 보며 계절의 변화를 실감한 사쿠타는 시치리가하마역까지 이어지는 짧은 길을 걸었다.

역에 도착한 사쿠타는 타이밍 좋게 들어온 전철을 타고 후지사와로 돌아갔다.

사쿠타는 관광객인 아주머니와 외국인, 학생과 책가방을 멘 초등학생들 사이에 섞여서 개찰구를 통과했다. 그리고 연결 통로로 이어진 JR의 역사를 지났다.

가전제품 양판점 앞의 광장에서는 거리 공연을 하고 있는 스무 살 정도의 남성이 있었다. 중고생이 걸음을 멈추고 그 공연을 보고 있었다. 사쿠타의 앞에서 걷고 있던 여고생들도……

"아, 이건 키리시마 토코의 커버곡이네."

"꽤 괜찮지 않아?"

"좀 듣고 가자."

……같은 말을 하면서 공연을 구경했다.

키리시마 토코는 일전에 마이가 요즘 유행한다고 말한 아티스트이며, 동영상 사이트에서 활약하고 있다. 이런 식으로 인터넷 밖에서도 키리시마 토코의 커버곡을 부르는 사람을 목격하자, 진짜로 유행하고 있다는 것을 실감할 수 있었다.

하지만 사쿠타는 약속이 있기 때문에 거리 공연을 감상하는 이들을 힐끔 쳐다보며 계속 걸음을 옮겼다. 그리고 가전제품 양판점 앞에서 왼쪽으로 돈 후, 계단을 내려갔다.

집으로 가려면 오른쪽으로 가야 하지만, 아까 리오가 말했던 것처럼 오늘은 데이트 약속이 있다.

육교를 내려간 사쿠타는 그대로 쭉 나아갔다. 그러자 그가 아르바이트를 하고 있는 패밀리 레스토랑이 보이기 시작했다. 그리고 문을 열고 안으로 들어가자…….

"어서 오세요~!"

쇼트 보브 타입의 헤어스타일이 잘 어울리는 귀여운 웨이트리스가 미소를 지으며 사쿠타에게 말을 건넸다. 하지만 사쿠타의 얼굴을 보더니, 활짝 핀 꽃 같던 미소가 그대로 시들어버렸다.

"뭐야, 선배구나…….'"

노골적으로 실망한 듯한 태도를 취한 이는 바로 코가 토모에다. 사쿠타와 같은 학교에 다니고 있는 한 학년 후배다.

"나, 오늘은 손님으로 온 거야."

"알아. 시프트 표에 선배 이름은 없었거든."

"……"

"오, 오해하지 마."

"뭘 말이야?"

"선배가 일하는지 체크한 게 아니라, 오늘 누가 일하나 싶어서 살펴봤을 뿐이거든?"

"나, 딱히 별말 안 했거든?"

"방금 이상한 생각했지? 틀림없어."

"뭐, 사춘기 남자애는 항상 이상한 생각을 하긴 해."

"우와~, 선배는 진짜 저질이야."

사쿠타는 어디까지나 일반론을 말했을 뿐이지만, 토모에는 사쿠타만 비난했다. 질색이라는 듯이 눈을 가늘게 뜨더니, 경멸에 찬 눈길로 사쿠타를 노려보고 있었다.

"오늘도 코가는 귀엽네~ 하고 생각했을 뿐이라고."

"새, 생각하는 건 괜찮지만, 귀엽다는 소리는 하지 마."

"그럼 앞으로는 귀엽다는 생각도 안 하겠어."

"생각하는 건 괜찮다고 방금 말했잖아!"

사쿠타와 토모에가 평소와 다름없이 그런 식으로 시시덕거리고 있을 때, 뒤편에 있는 문이 열렸다.

다른 손님이 온 것이다.

"어서 오세요! 한 분이신가요?"

토모에는 다시 미소를 지으며 손님에게 말을 걸었다.

"방금, 두 명이 되었어요."

가게에 들어온 토모베 미와코는 사쿠타를 보더니, 토모에를 향해 약간 짓궂은 대답을 했다.

사쿠타가 토모에에게 좀 심각한 이야기를 할 거라고 말하자, 그녀는 두 사람을 구석에 있는 창가 테이블 좌석으로 안내했다.

두 사람 다 드링크바를 주문했고, 미와코가 따로 시킨 팬

케이크를 먹는 사이에 두 사람은 사쿠타의 진로와 카에데의 요즘 상황 등에 대해 간략하게 이야기를 나눴다. 대부분 잡담이라고 해도 되는 가벼운 내용이었다.

빈 접시를 토모에게 치워달라고 부탁하고, 각자 두 잔째 음료를 준비한 후에 사쿠타는 본론을 꺼냈다.

"상의하고 싶은 건 저희 어머니에 관한 일이에요."

사쿠타는 이 이야기를 하기 위해, 미와코에게 시간을 내달라고 부탁한 것이다.

"아버님에게 자세한 이야기는 듣지 못했는데…… 지금도 입원 중이시지?"

"자택 요양이 허락되면 때때로 집에 돌아오기는 하는 모양이에요. 하지만 다시 입원을 하게 되는 일이 반복되는 것 같네요."

설명이 애매한 것은 사쿠타도 정확한 상황을 모르기 때문이다. 아버지는 사쿠타에게 걱정을 끼치지 않기 위해 자세한 상황은 이야기해주지 않았다. 사쿠타는 카에데와 『카에데』 문제를 혼자서 떠안고 있었으니까 말이다.

"요즘 들어 많이 좋아졌다는 이야기를 듣기는 했어요."

그렇기 때문에 오늘은 미와코에게 만나고 싶다는 연락을 했다. 물어볼 게 있기 때문이다.

"그랬구나."

"그리고…… 엄마가 카에데를 만나고 싶다나 봐요."

미와코는 사쿠타가 지금까지 해준 이야기를 통해 그가 무슨 말을 할지 예상했으리라. 그런데도 사쿠타의 말을 끝까지 들은 후, 천천히 고개를 끄덕였다.

"그랬구나."

"카에데는 그 말을 듣더니, 엄마를 만나고 싶다, 만나러 가고 싶다고 말했어요."

"그래. 만나고 싶을 거야."

"카에데가 그렇게 생각하는 건 분명 좋은 일이지만……."

사쿠타 또한 카에데가 「엄마를 만나고 싶다」, 「만나러 가고 싶다」고 말해줘서 정말 기뻤다.

"만나게 해도 괜찮을지, 판단이 서지 않네요."

한심한 소리를 한다고 생각하면서도, 사쿠타는 미와코에게 자신의 생각을 솔직하게 말했다. 상의를 부탁한 이상, 허세를 부려봤자 의미가 없는 것이다.

"카에데 양이 걱정되는 거구나."

카에데는 어머니를 만나고 충격을 받을지도 모른다. 카에데 탓에 그렇게 된 것은 아니지만, 자신이 집단 괴롭힘을 당한 바람에 어머니가 자녀 양육에 대한 자신감을 잃고 이상해졌으니까 말이다. 카에데가 그런 어머니를 자신의 두 눈으로 보고 자책할지도 모른다. 그리고 그 자책감에 짓눌려 버릴지도 모르는 것이다.

겨우 집 밖으로 나가게 되었고, 중학교에도 등교하며, 진로도 직접 정하게 됐는데…… 또 집에 틀어박혀 버릴지도 모른다는 느낌이 들었다.

카에데를 어머니와 만나게 해주고 싶다. 만나러 가게 해주고 싶다. 그녀가 앞으로 나아가기를 바라는 마음 한편으로, 혹시나 하는 감정이 사쿠타를 지면에 옭아매고 있었다.

"사쿠타 군은 그야말로 진짜배기 오빠네."

"예?"

사쿠타는 뜻밖의 말을 들은 나머지, 마시던 아이스티를 뿜을 뻔했다.

"엄청 오빠답다는 거야."

"그게 무슨 소리예요?"

미와코는 그 말에 대답하지 않았다. 그 대신, 사쿠타의 걱정에 대한 미와코 자신의 생각을 솔직하게 말했다.

"그런 사쿠타 군이 있으니까, 카에데 양은 이제 괜찮을 거라고 나는 생각해."

"……예?"

하지만, 사쿠타는 그 말을 순순히 받아들일 수 없었다.

"『오빠』라는 절대적인 아군이 있다는 것을 카에데 양은 눈치챘으니까, 분명 괜찮을 거야."

"……."

사쿠타는 그 말을 듣고도 납득을 할 수 없었다.

"아직 납득 못 한 표정이네."

미와코를 믿지 않는 건 아니다. 미와코의 말을 믿지 않는 것도 아니다. 지금까지 쭉 헌신적으로 카에데를 도와준 사람이다. 끈기를 가지고 카에데의 곁을 항상 지켜주었던 인물인 것이다. 사쿠타가 믿지 못하는 건 자기 자신이었다. 미와코가 괜찮다고 말하는 근거가 바로 사쿠타이기 때문이다.

"자신감을 가질 수 있도록, 사쿠타 군의 장점을 지금부터 하나하나 조목조목 언급해줄까?"

"그건 됐어요."

그것은 단순한 고문이다.

미와코의 주장에는 아직 납득하지 못했지만, 그 판단 자체는 믿자고 생각했다. 어머니와 카에데의 만남을 반대하는 것보다는 훨씬 나으니까 말이다.

"그러니 어머님 쪽에 문제가 없다면, 카에데가 만나러 가는 편이 좋을 거라고 생각해. 일정은 상의해봤어?"

"이제부터 할 거예요. 토모베 씨와 만나서 이야기를 나눠보는 게 우선이라고 생각했거든요."

아버지가 그 이야기를 꺼냈을 때, 사쿠타는 카에데가 어머니를 만나러 가도 될지에 관해 미와코에게 의견을 구해보기로 했다. 그래서 사쿠타는 오늘 이렇게 미와코를 만난 것이다.

"어머니 쪽도 병원 측에 제대로 확인을 구하지는 않은 것 같으니까, 일단 그 대답을 기다리고 있는 중이에요."

"그렇구나. 두 사람의 만남이 실현됐으면 좋겠네."

미와코는 사쿠타를 쳐다보면서 상냥한 미소를 지었다. 진정으로 두 사람의 만남이 실현되기를 바란다는 듯이 상냥한 표정을 머금고 있었다.

그 모습을 보자, 아까 미와코가 한 말의 의미를 이해할 수 있을 것 같았다. 받아들일 수 있을 듯한 느낌이 들었다.

사쿠타만이 아니다. 카에데의 주위에는 그녀를 걱정하고, 그녀의 힘이 되어주는 사람들이 있다. 미와코가 그랬고, 마이와 노도카도 카에데의 버팀목이 되어줬다. 얼마 전에 놀러 왔던 카노 코토미도 마찬가지다. 그런 존재가, 카에데가 어머니를 만나도 「괜찮을 이유」이며, 그녀에게 앞으로 나아갈 용기가 되어주고 있는 것이 틀림없었다.

힘든 일을 많이 겪기는 했지만, 그런 힘든 일 속에서 카에데는 소중한 것을 잔뜩 발견했다. 그러니, 괜찮을 것이다.

미와코는 잔에 남아 있는 홍차를 천천히 비웠다. 그리고 빈 잔을 받침에 내려놓더니, 사쿠타를 쳐다보았다.

"사쿠타 군은 괜찮아?"

"……예?"

"내가 왜 걱정하는 건지 모르겠다는 표정이네."

미와코가 말한 것처럼, 사쿠타는 영문을 모르겠다는 표정을 지었다.

"사춘기에 부모 자식 사이에 문제가 생기는 케이스는 동성들…… 특히 어머니와 딸 사이에서 흔히 일어나니 크게 걱정을 하지는 않아. 하지만 사쿠타 군도 오랫동안 어머님을 만나지 않았지?"

"그렇기는…… 해요."

"사쿠타 군은, 어머님을 만나고 싶어?"

"……."

미와코의 질문이 갑작스럽게 느껴지지는 않았다. 오늘은 쭉 어머니에 관한 이야기를 했던 것이다. 그리고 대답하기 힘든 질문 또한 아니었다…….

하지만 질문을 받은 순간, 사쿠타는 마음이 무거워지는 느낌을 받았다. 그 느낌이 「만나고 싶어요」라는 말이, 입 밖으로 나오는 것을 막았다.

"……약간, 주저하고 있는 걸지도 모르겠어요."

사쿠타는 이 무거운 마음의 정체를 찾으려는 듯한 어조로 그렇게 말했다. 의식을 해보니, 불안에 가까운 감정이 명확하게 존재했다. 이제야 눈치챘지만, 그것은 꽤 예전부터 사쿠타의 마음속에 눌러앉아 있었다. 어느새 그곳에 존재했던 것이다.

어머니를 만나지 못한 지 2년이나 지났다.

만약 어머니를 만난다면, 우선 무슨 말을 하면 좋을까.

오래간만, 이라고 말을 건네는 것이 정답일까…… 그것조차도 알 수 없었다. 어떤 표정으로, 어떤 태도로, 어떤 식으로 만나면 좋을지 생각해봤지만…… 이렇게 될 거다, 이러면 좋겠다, 이러고 싶다 같은 미래를 전혀 예상할 수 없었다.

"무슨 이야기를 하면 좋을지 모르겠다고나 할까…… 원래 카에데는 엄마와 자주 이야기를 나눴지만, 저는 꼭 그렇지도 않았거든요. 뭐, 아버지와도 그랬지만요."

"사쿠타 군의 어머님은 어떤 분이야?"

"으음…… 평범하다고 생각해요. 지금 생각해보면 성격이 좀 느긋한 편이었던 것도 같은데…… 전업주부였고, 집안일에도 힘썼던 것 같아요."

삼시 세끼 식사 준비는 물론이고, 방 청소, 가족들이 벗어둔 옷의 세탁 등…… 해야 할 일은 잔뜩 있었을 것이며, 사쿠타는 그런 쪽으로 불편을 느낀 적이 없었다.

때때로 세탁물이 쌓여 있기도 했고, 저녁 식사가 슈퍼마켓에서 사 온 반찬일 때도 있었으며, 점심 식사를 컵라면으로 때울 때도 있었지만, 집안일을 도맡아 하고 있는 어머니의 푸념을 들은 적은 없었다. 그런 일을 매일같이 하는 것은 매우 힘들 것이며, 귀찮다고 생각한 날도 분명 있었을 텐데……

떨어져 지내기 시작하면서 집안일을 직접 맡게 된 후에야, 사쿠타는 그런 것을 실감할 수 있었다.

"그리고……."

말을 이으려던 사쿠타는 말문이 막혔다.

후지사와로 이사를 오기 전까지, 15년 동안 함께 살았는데…….

분명 할 말이 더 있을 텐데…….

"의외로, 자식은 부모에 대해 잘 알지 못한다니깐."

"……그러네요."

"특히 남자애는 부모님이 어떤 어린 시절을 보냈는지, 첫 사랑을 언제 했는지, 어떤 친구가 있는지, 부부가 어떻게 가까워졌는지, 전혀 모르지?"

"……."

사쿠타는 그중 어느 것도 알지 못하기에, 결국 침묵을 통해 긍정할 수밖에 없었다.

아버지와는 떨어져서 지낸 이후에 더 이야기를 나누게 된 것 같았다. 중학생 때는 무슨 일이 있으면 어머니를 통해 연락을 주고받는 경우가 대부분이었다. 「네 아빠가 이렇게 말했단다」, 「아빠에게 말해뒀어」 같은 식으로 말이다.

어머니와의 대화는 기본적으로 질문을 받으면 대답을 하는 느낌이었다고 생각한다. 사쿠타가 적극적으로 오늘 있었던 일을 이야기하지는 않았다. 그런 이야기를 하는 사람은 카에데였다.

카에데는 어머니와 사이가 좋았고, 아버지와도 가까웠다고 생각한다. 세 사람 사이에는 가족의 유대가 존재했다.

불가사의하게도, 어머니와 나눈 대화를 떠올리려고 해도 아무 생각이 안 났다. 아마 대화 내용이 지극히 일상적이라서 기억에 남아 있지 않은 것이리라.

좋은 아침, 잘 먹겠습니다. 잘 먹었습니다, 오늘은 좀 늦게 돌아올지도 몰라, 다녀올게, 다녀왔어, 목욕할게, 목욕 마쳤어…… 잘 자.

좀 더 대화다운 대화도 나눴지만, 역시 전부 자연스레 흘러가는 일상의 일부인지라, 기억의 그물에 걸리지는 않았다.

그렇기 때문에, 사쿠타는 어머니와 만나서 어떤 이야기를 나누면 좋을지 알 수 없었다. 지금까지는 딱히 그런 것을 의식하면서 이야기를 나눈 적이 없었다. 당연하고 흔하디흔한 일상이 존재했기에 대화가 성립했다. 지금은 그런 전제가 없기에, 사쿠타는 두려움을 느끼고 있는 것이다. 일상이라는 굴레 밖에서, 사쿠타는 어머니와 이야기를 나눈 적이 없으니까…….

하지만 이 점을 깨달은 것만으로도, 사쿠타는 마음이 약간 가벼워졌다.

"토모베 씨와 상담을 해서 정말 다행이에요."

"그래?"

사쿠타가 느닷없이 그렇게 말하자, 미와코는 의문으로 답했다.

"이야기를 나누다 보니, 제 마음을 정리할 수 있었거든요."

"혹시 고민이 있거나 곤란한 일이 생기면 연락을 줘."

"예."

마지막으로 미와코로부터 「카에데 양이 어머니를 만나게 되면 좋겠네」라는 응원을 받은 후, 두 사람은 헤어졌다.

6

미와코와 만난 당일 저녁, 아버지에게서 또 전화가 왔다. 어머니의 담당의와 상의해본 결과, 면회는 카에데가 중학교를 졸업한 후에 하는 게 어떨까……라는 쪽으로 가닥이 잡혔다고 한다.

물론 그것은 카에데를 배려한 결과다.

그녀의 졸업식은 다음 주…… 3월 9일이었다.

사쿠타는 딱히 반대할 이유가 없었기에, 아버지의 제안을 순순히 받아들였다.

"아버지, 카에데 졸업식에 올 수 있겠어?"

졸업식이 열리는 3월 9일은 월요일, 즉 평일이다.

전화기 옆에 있는 카에데도 두 사람의 대화를 신경 쓰고 있었다.

『참석할 거란다.』

"그래? 다행이야."

사쿠타는 카에데를 향해 눈짓을 보내며 살며시 고개를 끄덕였다. 그러자 카에데는 약간 멋쩍은 듯이 웃었다. 아버지가 와줘서 기쁘지만, 한편으로 조금 부끄럽기도 한 것 같았다. 그래도 안도감이 더 큰 건지, 나스노를 안은 채 기뻐하고 있었다.

만약 아버지가 참석하지 못한다면 사쿠타가 가볼 생각이었기에, 좀 아쉬웠다. 학교를 당당히 빼먹을 구실이 사라지고 말았다.

『면회 날짜는 너희 엄마와 상의해서 정한 다음에 알려주마.』

그 말에는 「너희 엄마의 몸 상태도 고려해보고」라는 의미가 담겨 있는 듯한 느낌이 들었다.

"알았어."

사쿠타는 「연락 기다릴게」라는 말 대신 그렇게 말한 후, 전화를 끊었다.

그로부터 며칠 동안은 평범한 나날을 보내는 것 같았지만…… 사쿠타와 카에데는 어머니와의 만남을 신경 쓰며 하루하루를 보냈다.

화요일, 수요일, 목요일, 금요일은 각자가 아침부터 학교에 갔고…… 사쿠타는 수업을 나름 성실하게 들었으며, 쉬는 시간과 등하교 시의 전철 안에서는 수험 공부도 했다. 또한 아르바이트도 했고, 다음 날 아침이 되면 학교에 갔다. 그렇게 나름 충실한 나날을 보냈다.

하지만, 불현듯 사쿠타의 머릿속은 어머니에 대한 생각으로 가득 찰 때가 있었다. 자신의 어머니와 비슷한 또래로 보이는 누군가의 「어머니」가 스쳐 지나가거나, 슈퍼마켓에서 시장을 보다가 어머니와 키가 비슷해 보이는 누군가의 「어머니」를 봤을 때…….

그리고, 중학생 정도로 보이는 딸을 데리고 길을 가는 어머니를 봤을 때는, 카에데와 자신의 모친을 떠올렸다. 즐거운 듯이 웃고 있는 모녀를 보자, 카에데와 자신의 어머니 또한 다시 저런 사이로 되돌아갔으면 좋겠다고 생각했다.

아니, 그런 생각은 예전부터 사쿠타의 마음속에 존재했었다.

그저 현실과 소망이 동떨어져 있는 데다, 「카에데」의 일도 있기 때문에 무의식적으로 그런 생각을 하지 않으려고 했었다. 한 번은 포기했었다. 하지만, 그 소망이 완전히 사라진 것은 아니었다.

그런 생각을 할 계기는 이 세상에 얼마든지 존재했다. 평범한 모녀는 이 세상에 얼마든지 존재하는 것이다.

토요일은 하루 종일 아르바이트를 하면서 보냈다. 밤에는 드라마 촬영을 위해 야마나시현에 간 마이에게서 전화가 왔다.

"마이 씨, 대학은 어떻게 됐어요?"

오늘, 3월 7일에는 대다수 국공립 대학이 합격자를 발표했다.

『합격했어.』

수화기에서 흘러나오는 마이의 목소리가 밝았기에, 아마 그럴지도 모른다고 생각했다. 아니, 마이가 합격하지 못할

리가 없다. 사쿠타가 잘 아는 사쿠라지마 마이는 그런 사람인 것이다.

"축하해요, 마이 씨."

『고마워.』

"……."

『…….』

"어라? 「이렇게 됐으니까, 사쿠타도 열심히 해」 같은 말 안 해요?"

『사쿠타가 열심히 하고 있다는 건 나도 알아.』

"그럼 내년에 합격 못 해도 화 안 낼 거예요?"

『1년만 더 기다려줄게.』

"그렇게 오랫동안 수험 공부를 하고 싶지는 않으니까, 재수 안 하도록 열심히 공부할게요."

결국 사쿠타는 자기 입으로 「열심히 하겠다」는 말을 했다. 북풍과 태양이라는 우화에 비유한다면, 오늘은 태양 작전에 당한 느낌이다.

사쿠타의 말을 듣고 만족한 듯한 마이는 「잘 자」 하고 말하면서 전화를 끊었다.

다음 날인 3월 8일은 일요일인데도 불구하고, 사쿠타는 이른 아침에 카에데를 데리고 집을 나섰다.

후지사와역에서 전철을 타고 약 한 시간 정도 이동한 그들이 도착한 곳은 도쿄에 있는 신주쿠다. 통신제 고등학교의 학교 설명회를 들으러 온 것이다.

카에데는 한 시간 반에 걸친 설명을 귀 기울여 들었으며, 신경 쓰이는 점은 메모했다. 자기 스스로 자기가 다닐 학교를 고르려 하고 있었다.

전체적인 설명회가 끝났을 즈음에 아버지도 뒤늦게 합류했으며, 개별적인 상담회에도 참가했다. 역시 최첨단을 자랑하는 통신제 고등학교라 그런지, 3월 말까지 입학 원서를 제출한다면 4월부터 1학년으로 고등학생 생활을 시작할 수 있다고 한다. 즉, 아직 3주가량 시간이 있는 것이다. 그래서 「아직 생각할 시간이 있으니, 조바심을 낼 필요는 없어요」 하고, 상담 상대가 되어준 여성 교직원이 카에데에게 말했다. 전일제(全日制) 학교와 다르게 정원이 존재하지 않기 때문에, 서둘러 수속을 할 필요가 없는 것이다.

아버지도, 그리고 사쿠타도, 카에데가 오늘 이 자리에서 바로 결론을 내리지는 않을 거라고 생각했다. 하지만, 그 예상은 완벽하게 빗나갔다.

이야기를 다 듣고, 슬슬 돌아가자며 자리에서 일어나려던 때였다. 카에데는 「나, 이 학교에 다니고 싶어」 하고 스스로의 의지를 가지고 생각을 해서 스스로 결단을 내렸다.

조바심을 내는 것도, 부담을 느끼고 있는 것도 아니었다. 쭉 마음속에 품어온 생각을 드디어 밝혀서 개운한 듯한 표정을 짓고 있었다.

여성 교직원이 준비해준 노트북 컴퓨터로, 온라인을 경유해 입학 원서를 제출했다.

　일단 학교 측의 심사가 며칠 걸리지만, 이것으로 카에데가 진학할 고등학교도 결정됐다.

　덕분에 마음이 꽤 개운해진 건지, 졸업식이 열리는 다음 날 아침에는…….

　"다녀오겠습니다!"

　……하고, 카에데는 힘찬 목소리로 외치며 집을 나섰다.

　약속대로 졸업식에는 아버지가 참석했으며, 마이도 몰래 참석했다는 사실을 그날 학교에서 돌아온 후에야 사쿠타도 알았다.

　졸업식을 마친 카에데와 함께, 마이도 사쿠타의 집에 와 있었던 것이다. 야마나시현의 촬영지에서 새벽에 돌아온 것 같았다. 하나로 모아 묶어서 차분한 느낌이 감도는 머리카락을 어깨에 걸치며 몸 앞쪽으로 늘어뜨리고 있었다. 도수 없는 안경 또한 썼다. 그리고 수수한 느낌의 색상을 띤 정장 재킷 또한 걸치고 있었다. 몸에 착 달라붙는 스커트를 입은 마이의 모습을 사쿠타가 눈에 새기고 있을 때, 그녀는 아무 말 없이 그의 발을 밟았다.

　그날 밤에는 아이돌 레슨을 마치고 돌아온 노도카와 함께, 이달 들어 두 번째 졸업 파티를 사쿠타네 집에서 소소하게 열었다.

진로를 결정했을 뿐만 아니라 졸업식에도 참석한 것이, 카에데에게는 매우 큰 자신감이 된 것 같았다. 이날 마이와 노도카를 앞에 둔 카에데는 평소보다 20퍼센트 더 수다스러웠다.

카에데도 무사히 중학교를 졸업하자, 사쿠타는 아버지의 전화를 기다리며 하루하루를 살았다. 하지만 하루 종일 전화기 앞에서 대기할 수도 없었기에, 사쿠타는 2학년 마지막 기말시험을 치기 위해 매일같이 학교에 갔다.

집에 돌아오면 시험공부를 했고, 다음 날에는 또 시험을 치러 학교에 갔다. 그것을 반복하다 보니, 순식간에 일주일이 흘렀다.

그 사이에 있었던 특이한 일을 꼽자면, 시험을 마친 사쿠타가 집에 돌아와 보니 우편함에 편지가 들어 있었던 것이다. 오키나와로 이사를 간 쇼코에게서 온 편지였다.

동봉된 사진에는 쇼코의 활기찬 모습이 찍혀 있었다. 아름다운 바닷가에 서서 방긋 웃고 있었다. 흰색 반팔 원피스 차림에 밀짚모자를 쓰고 있었다. 이날은 기온이 25도가 넘었다고 편지에 적혀 있었다.

봄기운이 서서히 느껴지고 있는 관동 지방과는 하늘과 땅 차이이다.

—또 편지 보낼게요.

그런 말로 끝난 이 편지에는 사춘기 증후군이 전혀 언급되지 않았다. 그래서 사쿠타는 자신의 복부에 생긴 새로운 흉터나 마이를 쏙 빼닮은 어린 여자애에 대해, 쇼코는 알지 못한다고 생각했다.

"뭐, 모르는 편이 나을지도 몰라."

사쿠타는 다음에 답장을 쓰자고 생각하면서, 편지를 서랍 안에 넣어뒀다.

그리고, 또 주말이 찾아왔다.

3월 14일. 토요일.

이날은 노도카의 제안으로 스위트 불릿의 라이브를 보기 위해서 요코하마에 있는 라이브 하우스에 갔다. 마이는 드라마 촬영을 위해 다시 야마나시현에 갔기 때문에 같이 오지 못했다.

노도카에게 있어 오늘 무대는 자신의 생일 라이브인지라, 마이가 없는 것을 아쉬워했다. 하지만 무대 위에 선 그녀는 팬들의 성원을 받으며, 땀범벅이 되도록 모든 것을 불태웠다.

라이브가 끝난 후, 화이트 데이인지라 멤버들이 팬들에게 쿠키를 건네주는 자리를 가졌다.

자신이 응원하는 멤버 한 명에게서 쿠키를 하나 받을 수 있는 것이다.

사쿠타는 스위트 불릿의 얼굴인 히로카와 우즈키의 줄에 서서 쿠키를 받았고, 악수도 했다. 우즈키는 악수도 힘껏

하는 타입인지, 오른손이 약간 얼얼했다.

당연히, 노도카는…….

"왜 즛키 쪽에 줄 선 건데?!"

……하면서 불같이 화를 냈다.

"카에데가 진로로 고민하고 있을 때, 상담 상대가 되어줘서 고맙다는 인사를 하고 싶었거든."

사쿠타는 그런 정당한 이유를 밝혔다.

"……그게 다야?"

"팬티 안 입는 아이돌을 좋아해."

이것 또한 정당한 이유다.

"팬티 입거든~?!"

함께 온 카에데는 노도카 쪽에 줄을 섰다.

그리고 돌아가는 길에 우즈키가 다시 시간을 내줬고, 고맙다는 인사와 함께 전력을 다한 악수를 나눈 후, 사쿠타와 카에데는 집으로 향했다. 그러다 보니 어느새 밤 아홉 시가 되었다.

카에데는 밤에 집 밖을 돌아다닌 적이 거의 없어서 그런지, 이런 늦은 시간에 자신이 밖을 돌아다니고 있다는 사실에 약간 흥분한 것 같았다.

"노도카 씨, 정말 대단했어."

"뭐~, 그랬지."

"우즈키 씨도 멋졌다니깐."

"맞아."

"또 라이브를 보러 가고 싶어."

카에데는 라이브에 빠진 것 같았다.

사쿠타와 카에데가 그런 이야기를 나누면서 집에 돌아와 보니, 어느새 밤 열 시가 지났다.

"다녀왔어~."

사쿠타는 집을 지키고 있던 나스노를 향해 그렇게 말했다. 거실에서 얼굴을 내민 나스노는 「냐옹~」 하고 울음소리를 내며 두 사람을 맞이했다.

평소보다 늦은 시간에 나스노에게 저녁을 주고 있을 때…….

"아, 오빠. 부재중 전화가 와 있네."

카에데가 전화기를 쳐다보며 그렇게 말했다.

사쿠타가 고개를 돌려보니, 전화기의 붉은색 램프가 반짝이고 있었다.

마이가 촬영지에서 연락을 준 것일지도 모른다.

"……."

사쿠타를 쳐다보고 있는 카에데의 눈에는 긴장의 빛이 어렸다.

그녀가 무슨 생각을 하는지는 쉬이 짐작할 수 있었다. 사쿠타도 같은 생각을 하고 있으니까……. 마이 말고 이 집에 전화를 할 사람은 딱 한 명뿐이다.

가슴속이 술렁거렸다. 마음속에 생겨난 긴장이 점점 부풀어 오르는 것이 느껴졌다. 그것이 마음을 뒤덮을 만큼 커지기 전에, 사쿠타는 전화기에 다가가서 반짝이고 있는 버튼을 눌렀다.

—메시지가 한 건 있습니다. 오후 8시 21분.

사쿠타와 카에데는 전화기에서 눈을 떼지 못했다. 아니, 뗄 수 없었다.

『너희 엄마와의 면회 말인데…….』

아버지의 목소리가 전화기에서 흘러나왔다.

『지금, 몸이 많이 좋아졌거든……. 갑작스럽겠지만, 내일 오후에 만나주지 않겠니?』

아버지는 괜한 말은 전혀 섞지 않으며, 바로 용건만을 말했다.

『나중에 다시 전화하마.』

그렇게 메시지가 끝나자, 방 안에는 정적만이 감돌았다.

"카에데, 어떻게 할래?"

"……."

카에데는 대답 대신 고개를 깊이 끄덕였다. 그녀의 표정에는 한 점의 망설임도 존재하지 않았다.

"알았어. 그럼 내일은 엄마를 만나러 가자."

사쿠타는 수화기를 든 후, 아버지에게 전화를 걸었다.

"아버지, 나야—."

마이를 쏙 빼닮은
정체불명의 초등학생

？？？

시치리가하마의 해변에서
사쿠타에게 말을 걸었던
초등학생 여자애.
아역 시절의 마이를
쏙 빼닮았다.

제2장

유대의 형태

1

다음 날인 3월 15일, 일요일은 아침부터 약한 빗줄기가 추적추적 내렸다.

사쿠타와 카에데는 여덟 시 넘어서 일어난 후, 토스트와 달걀 프라이, 요구르트에 오렌지주스로 간단히 아침 식사를 마쳤다.

그리고 설거지를 끝낸 후, 방 안의 정적을 쫓기 위해 텔레비전을 켰다. 일주일 동안 일어난 사건과 스포츠, 연예계 정보 등을 다루는 방송을 멍하니 보고 있던 사쿠타는 열한 시가 다 되어가자 카에데를 보며 말했다.

"준비할까?"

그 준비는 바로 외출할 준비였다. 어머니를 만나러 갈 준비이기도 했다.

"응."

카에데는 힘찬 목소리로 그렇게 말하며 고개를 끄덕였다. 긴장한 것이 틀림없었다. 방으로 향하는 발걸음 또한 왠지 어색했다. 그런 카에데가 자기 방에 들어가는 모습을 본 후, 사쿠타도 방으로 향했다.

실내복을 벗은 후, 청바지와 파카를 걸쳤다. 오늘은 봄답게 날씨가 훈훈하다고 방금 텔레비전에 나온 기상 캐스터가 말했기에, 두꺼운 겉옷을 입을 필요는 없을 것 같았다.

거실에 가보니, 아직 카에데가 방에서 나오지 않았다. 옷을 갈아입고 있는 건지, 문 너머로 부스럭거리는 소리가 들렸다.

그리고 5분 정도 흐른 후, 옷을 다 갈아입은 카에데가 방에서 나왔다. 어깨끈이 달린 원피스 위에 심플한 니트를 입고 있었다. 약간 어른스러운 느낌의 복장이었다. 화려하지는 않지만, 기합이 잔뜩 들어갔다는 것이 느껴지는 옷차림이었다.

"이, 이상하지 않아?"

사쿠타와 시선이 마주치자, 카에데는 약간 딱딱한 미소를 지었다.

"얼굴이 이상하네."

사쿠타는 자신의 생각을 솔직하게 말했다.

"옷이 이상하지 않은지 물은 거야!"

카에데는 약간 굳은 느낌의 쓴웃음을 지었다.

"그 옷도 마이 씨한테서 받은 거지?"

"응."

"그렇다면 이상할 리가 없잖아."

"마이 씨한테는 어울려도 나한테 어울리지 않을 수도 있거든?"

"그럼 이제 가자."

사쿠타는 카에데의 주장을 한 귀로 흘리면서 현관을 향

해 걸음을 옮겼다.

"아, 기다려~."

카에데가 허둥지둥 따라왔다. 그리고 카에데가 신발을 신을 때까지 기다린 후, 사쿠타는 문손잡이를 향해 손을 뻗었다.

평소와 마찬가지로 이 문손잡이를 돌리면 문이 열릴 것이다. 하지만 사쿠타는 평소와 다른 심정에 사로잡히며 문을 열었다. 약 2년 만에 어머니를 만나기 위해, 만나러 가기 위해……

문을 열었다.

비가 추적추적 내리는 가운데, 사쿠타는 카에데의 페이스에 맞춰 천천히 나아갔다. 두 사람은 우산이 부딪치지 않도록 약간 거리를 둔 채, 역으로 이어지는 언덕길을 천천히 나아갔다.

우산을 쓰고 있으니, 우산에 떨어지는 빗소리가 한층 더 크게 들렸다. 빗줄기가 거세지도 않은데……. 다른 소리가 없기 때문에 그렇게 들리는 것이다.

도중에 옆에서 걷고 있는 카에데가 무슨 말을 한 듯한 느낌이 들어서 사쿠타는 되물었다.

"응?"

"비, 내리네."

우산을 기울이며 하늘을 올려다보는 카에데의 얼굴에는 약간의 아쉬움이 어려 있었다.

오늘은 특별한 날이다.

많은 사람들에게 있어서는 평범한 일요일에 지나지 않을지도 모르지만, 사쿠타와 카에데에게 있어서는 2년 만에 맞이한 특별한 날이다. 그렇기 때문에, 카에데는 날씨가 맑기를 바랐으리라.

"아버지는 꽃가루 알레르기가 있으니 오히려 잘됐을지도 몰라."

"응. 그럴지도 모르겠네."

사쿠타의 말을 듣고 납득한 카에데는 사쿠타 쪽을 쳐다보며 약간 멋쩍은 듯이 웃음을 흘렸다. 집에 있을 때부터 계속 긴장하고 있던 카에데는 입가에 머금은 미소 또한 약간 딱딱해 보였다.

카에데는 그런 흔들리는 마음을 생각하지 않으려는 듯이 또 입을 열었다.

"오빠."

"응?"

"도중에 요코하마역을 지나지?"

"그래."

영원히 공사가 계속되는 것 같은 인상을 주는 요코하마역은 영원토록 완성되지 않는 것이 아니라, 영원토록 진화를 계속하는 역인 것이다. 살아 있는 동안에 공사가 일단락된 모습을 보고 싶은데…….

"무슨 볼일이라도 있어?"

"엄마한테 푸딩을 사다주고 싶어. 백화점 지하에서 파는…… 비커에 들어 있는 푸딩 말이야."

"아~, 그거 말이구나. 후덥지근한 아저씨가 그려져 있는 거잖아."

어릴 적에는 쇼핑을 하러 요코하마역에 갈 때마다, 매번 그 푸딩을 샀다. 원래 하야마나 즈시 쪽에 있는 가게인데, 요코하마의 백화점 안에 판매점이 생긴 것이다.

"엄마가 그걸 좋아했어."

"카에데가 좋아했던 거 아냐?"

"좋아해. 하지만, 엄마도 좋아했어."

"그랬구나."

전에 미와코와 만났을 때도 부모님에 관해 아는 게 없다는 이야기를 했지만, 이렇게 돌이켜보니 어머니가 좋아하는 음식도 잘 몰랐다. 호박이 들어간 요리를 좋아했던 것 같은데, 무엇을 좋아하는지 딱히 물어본 적은 없었다. 물어보자는 생각을 한 적 자체가 없었다. 그래도 아무 문제가 없었던 것이다.

"그러니까, 또 엄마와 같이 먹고 싶어."

"좋아."

분명 기뻐해줄 것이다. 카에데의 마음은 어머니에게 분명 전해질 것이다.

"그리고, 오빠……."

"슈마이도 사고 싶은 거야?"

요코하마에 살던 시절에는 정기적으로 슈마이가 식탁에 올라왔다. 슈마이는 식어도 맛있다.

"아, 슈마이도 먹고 싶네. 하지만, 그게 아니라……."

"그럼, 뭔데?"

"……."

카에데는 할 말이 있는 것 같지만, 말을 잇지 못한 채 살며시 고개를 숙였다. 그리고 발치를 보면서, 두 발을 번갈아 내디뎠다. 그런 카에데의 얼굴에는 불안이 진하게 어려 있었다.

그래서, 무엇을 불안하게 여기고 있는 건지 손에 잡힐 듯이 알 것 같았다.

"엄마가 만나고 싶다고 했으니까 괜찮을 거야."

사쿠타는 카에데 대신 앞을 바라보면서, 혼잣말을 하는 듯한 어조로 그렇게 말했다.

옆에 있는 카에데에게서 움찔한 듯한 반응이 느껴졌다.

하지만 사쿠타는 앞만 바라보며 계속 걸음을 옮겼다.

"오빠, 어떻게 안 거야?"

"네 얼굴에 적혀 있거든."

"뭐라고 적혀 있는데?"

"『내 탓에 건강을 해친 엄마가 나를 이제 좋지 않게 생각하면 어쩌지』하고 적혀 있네."

원망하고 있거나, 미워하거나, 멀리한다면…… 그런 나쁜 상상을 하고 있는 것이리라. 카에데가 집단 괴롭힘을 당하게 된 것은 그녀의 탓이 아니지만, 자신이 짊어져야 하는 문제를 견디다 못한 어머니가 결국 무너지고 만 원인이 되기는 했기에……. 그 사실에서 벗어날 수는 없었다.

당사자인 카에데의 마음속에는 해선 안 되는 짓을 저지르고 말았다는 죄책감이 깊이 뿌리내려 있는 것이다. 신경 쓰이지 않을 리가 없다.

그것이 불행한 운명이 연쇄적으로 이어진 결과일지라도, 약해빠진 자신이 원인이라는 마음은 한 번 마음속에 생겨나면 좀처럼 사라지지 않으니까…….

자기 혼자서는 지울 수 없을지도 모른다.

자신이 좀 더 강했다면……. 집단 괴롭힘을 당하지 않았다면, 지금도 가족이 함께 살고 있을지도 모른다는 생각을 여전히 하고 있을 것이다.

"엄마, 진짜로 화나지 않았을까……?"

"카에데가 그런 생각을 한다는 걸 알면 화낼지도 몰라."

"……."

"적어도, 나는 그럴 것 같아."

"응……."

카에데는 사쿠타의 말을 듣고 겨우 얼굴을 들었지만, 표정은 여전히 딱딱했다. 다소 불안이 가신 것 같지만, 긴장은 완전히 사라지지 않았다.

어쩔 수 없을 것이다.

그 정도로 깊은 골이, 사쿠타의 가족 사이에는 존재했다. 2년이라는 명확한 골이 말이다. 그것으로부터 눈을 돌린 채 유유자적 살아갈 수는 없는 것이다.

그렇기에 카에데의 긴장은 후지사와역에 도착해서도 사라지지 않았으며, 전철을 타고 요코하마로 이동하는 동안에도 사라지지 않았다. 요코하마역에서 전철을 내린 후, 백화점에서 푸딩을 사고도, 그리고 겸사겸사 슈마이를 사고도, 카에데는 그저 어색하게 웃기만 했다.

그뿐만 아니라 목적지에 다가갈수록 카에데의 말수가 줄어들더니, 요코하마역에서 케이힌 토호쿠 선을 탄 후로는 거의 말을 하지 않았다.

"다음 역에서 또 환승해야 해."

"……."

사쿠타의 말을 듣고도, 카에데는 묵묵히 고개만 끄덕였다.

두 사람은 다음 역인 히가시 카나가와역에서 하차했다. 그리고 하치오지시까지 이어주는 요코하마 선으로 갈아탔다. 이 선의 명칭은 요코하마 선이지만, 요코하마역까지 이어지지 않는다. 실은 직통 전철 같은 게 따로 다니지만……. 그걸 모르면 꽤 헷갈릴 것이다.

카에데는 비어 있는 자리에 앉더니, 푸딩 상자를 소중히 든 채 전철 밖을 멍하니 쳐다보았다. 하지만 경치는 눈에 들어오지 않을 것이다. 분명 어머니에 관한 생각으로 머릿속이 가득 차 있으리라.

사쿠타는 일부러 아무 말도 건네지 않았다. 아무 말 하지 않아도 카에데는 괜찮을 거라고 생각하기 때문이다. 불안을 느낄지라도, 카에데라면 결코 걸음을 멈추지 않을 것이다.

느릿느릿하지만, 그래도 한 걸음씩 착실하게, 어머니에게 다가가고 있다. 자신의 의지로 말이다.

황록색 선이 그어진 은색 전철을 타고 10분 정도 이동했을 즈음, 창밖에 있는 거대한 건조물이 눈에 들어왔다. 오피스 빌딩이나 맨션과 다르게 크고 동그란 건조물이다.

일본 대표전이나 월드컵 결승전이 열린 적도 있는 요코하마 국제 종합경기장이었다. 현재 명칭은 닛산 스타디움이다. 주위에 커다란 건물이 없기 때문에, 그 존재감이 돋보이고 있었다.

그 스타디움에서 가장 가까운 역인 코즈쿠에역에 전철이 서자, 사쿠타는 카에데에게 「여기야」 하고 말하며 전철에서 내렸다.

개찰구를 통과한 두 사람은 스타디움과는 반대쪽인 남쪽으로 걸음을 옮겼다. 커다란 도로가 나오자, 오른쪽으로 돌아서 한동안 길을 따라 나아갔다.

집을 나섰을 때보다 빗줄기가 강해졌으며, 지면에 떨어진 빗방울이 튀면서 신발을 적셨다. 그런데도 카에데는 불평 한마디 하지 않았고, 모처럼 산 푸딩이 젖지 않도록 몸으로 감싸며 걸음을 옮겼다. 그 모습은 차가운 바람을 맞으면서도 알을 감싸고 있는 어미 새처럼 갸륵해 보였다.

어머니와 함께 푸딩을 먹는 것을 진심으로 고대하고 있는 것이다. 비 따위에 방해받고 싶지 않다는 강한 심정이 느껴졌다.

커다란 길을 따라 한동안 나아간 후, 사쿠타는 카에데를 데리고 오른편 골목으로 들어갔다.

"곧 도착할 거야."

"……응."

그 말대로, 사쿠타는 50미터 정도를 더 나아간 후에 걸음을 멈췄다. 지면은 비에 푹 젖어 있었다.

"여기야?"

뒤늦게 멈춰 선 카에데는 눈앞에 있는 건물을 올려다보았다. 낡은 3층 맨션이다. 외벽은 깨끗하게 도색이 되어 있지만, 외부로 드러난 계단 등에서 세월이 느껴졌다.

사쿠타가 이 집을 방문하는 것은 두 번째다.

아버지가 어디서 살고 있는지 알아둬야 할 것 같았기에, 따로 떨어져서 살기 시작한 직후에 한 번 이 집을 방문했었다. 그때, 지은 지 40년 된 낡은 사택이라고 아버지가 알려줬다.

엘리베이터가 없기 때문에, 두 사람은 계단을 통해 3층까지 올라갔다.

301호실의 명패에는 조그마한 글자로 『아즈사가와』라고 적혀 있었다.

"준비됐어?"

사쿠타는 인터폰을 누르기 전에 일단 카에데를 쳐다보며 그렇게 말했다.

"자, 잠깐!"

카에데는 그 말을 듣고 갑자기 긴장이 됐는지, 고개를 좌우로 저었다.

"알았어."

사쿠타는 마치 기다려줄 것처럼 대답하면서, 냉큼 인터폰을 눌렀다.

"오, 오빠?!"

카에데는 너무하다는 듯이 작은 목소리로 비명을 질렀다.

"시간을 끌면 더 긴장될 거야."

인간이 긴장을 컨트롤할 수 있다면, 애초부터 긴장 같은 것을 하지 않으리라.

"그럼 물어보지를 말란 말이야!"

물어보지 않았다면, 또 물어보지 않았다고 불평을 했을 것이다. 그래서 사쿠타는 일단 물어본 것이다. 그런 배려를 여동생은 슬프게도 이해하지 못했다.

사쿠타가 그런 생각을 하고 있을 때, 찰칵하고 잠금장치가 열리는 소리가 들리더니…… 문이 안쪽에서 열렸다.

"비 맞지는 않았니?"

그렇게 말하며 현관에서 나온 이는 아버지였다. 휴일인데도 불구하고 와이셔츠와 정장 바지를 입고 있었다. 넥타이를 매면 바로 회사에 나갈 수 있을 것 같은 옷차림이었다.

"양말까지 비에 젖었어."

사쿠타가 현관문을 손으로 잡자, 아버지는 카에데를 먼저 현관 안으로 들였다.

카에데가 안으로 들어간 후, 사쿠타도 현관으로 들어가며 문을 닫았다. 신발을 벗은 후, 양말도 벗었다. 그리고 사쿠타와 카에데는 아버지가 준비해준 슬리퍼를 맨발로 신었다.

"실례할게요."

카에데는 누구에게도 들리지 않을 만큼 작은 목소리로 그렇게 중얼거렸다.

아버지가 사는 집이니, 이곳 또한 사쿠타와 카에데의 집이라 해도 과언이 아니다. 하지만 익숙하지 않은 냄새가 감도는 이 집을 「자신의 집」이라고 느끼지는 못했다. 카에데가 방금 말했다시피, 「실례」를 하고 있는 느낌만 들었다.

아버지는 그 말을 듣고 약간 난처한 표정을 지었다. 하지만 곧 마음을 다잡으며 집 안으로 들어갔다. 오늘의 목적을 이루기 위해서 말이다.

"여보, 카에데와 사쿠타가 왔어."

현관에서 시야를 가리듯 설치되어 있던 가림막 같은 것을 지난 아버지는 부엌 쪽을 향해 그렇게 말했다.

"……."

카에데는 그 말을 듣고 더욱 긴장한 것 같았다.

사쿠타는 딱딱해진 카에데의 등 근육을 풀어주려는 것처럼, 뒤편에서 그녀의 두 어깨에 손을 얹었다. 카에데는 움찔하더니, 사쿠타를 돌아보았다.

"가자."

"……응."

사쿠타는 대답을 들은 후, 카에데의 등을 가볍게 밀었다.

이 집은 방이 두 칸이다. 현관에서 이어지는 짧은 복도를 통과하고, 그 끝에 있는 가림막을 지나자, 부엌이 나왔다.

카에데는 자신의 의지로 그 안에 들어갔다.

시야를 가리고 있던 가림막 너머에서는, 부엌에 있는 식사용 테이블의 의자에 앉아 한 여성이 기다리고 있었다. 볼이 약간 핼쑥해진 것처럼 보였다. 기억 속에 존재하는 모습보다 좀 여윈 느낌이 들었다. 조금 몸집이 작아진 착각마저 들었다. 하지만, 하나로 모아 묶은 머리카락을 어깨를 지나 앞쪽으로 늘어뜨린 헤어스타일은 기억 속의 모습과 똑같았다. ……저 여성은 바로 사쿠타와 카에데의 어머니가 틀림없었다.

"엄마……."

카에데가 말을 걸자, 테이블을 쳐다보고 있던 어머니가 고개를 들었다. 어머니의 눈길은 좌우로 흔들린 후, 카에데를 향했다.

"엄마."

그러자 카에데는 아까보다 더 큰 목소리로 어머니에게 말을 걸었다.

"카에데……."

가녀린 목소리였다. 귀를 기울이지 않으면 알아듣지 못할 정도였다. 하지만 그 목소리는 사쿠타에게도, 아버지에게도, 그리고 카에데에게도 명확하게 들렸다.

"응. 나야, 엄마."

한 걸음, 두 걸음, 카에데는 어머니에게 다가갔다. 테이블에 푸딩이 든 상자를 둔 후, 카에데는 어머니의 곁으로 가더니, 망설임 없이 두 손을 꼭 움켜잡았다.

"엄마……."

목소리가 눈물에 젖어갔다. 그 외의 다른 말을 전부 잊기라도 한 것처럼, 「엄마, 엄마…….」하고 카에데는 몇 번이고 말했다. 2년 동안 입에 담지 못한 몫을 지금 다 말하려는 것처럼, 몇 번이고, 몇 번이고…… 「엄마, 엄마」하고 말했다.

그때마다 어머니는 「응, 응…….」하고 대답하며 고개를 끄덕였다.

"엄마……."

"응……."

"엄마……."

"응……."

"엄마."

"카에데는 그 말만 하네."

"그게……."

"카에데, 키가 컸구나."

"응. 맞아."

어머니는 눈물로 범벅이 된 카에데의 얼굴을, 수건으로 상냥히 닦아줬다.

"머리도 잘랐네."

어머니는 카에데의 어깨에 두 손을 얹더니, 그녀의 얼굴을 유심히 쳐다보았다.

"이상해?"

카에데는 머리카락 끝을 손가락으로 들어 보이면서 어머니에게 물었다.

"아니, 어엿한 아가씨가 된 것 같구나."

어머니가 그렇게 말하자, 카에데는 약간 멋쩍어하면서도 기쁜 듯이 환하게 웃었다.

"으음, 이건 마이 씨가 소개해준…… 아, 마이 씨는 오빠의 애인이야. 오빠 말이지? 애인이 있어. 깜짝 놀랐지? 그리고 말이야……."

한번 이야기를 시작하자, 카에데는 쉴 새 없이 말을 쏟아 냈다. 둑이 무너진 것처럼, 말이, 마음이, 넘쳐흘렀다.

두 사람이 떨어져서 지내게 된 후로 2년이 흘렀다.

카에데가 해리성 장애를 극복한 후로도 넉 달가량이 흘렀다. 그 짧지 않은 시간 동안, 카에데에게는 많은 일이 있었다. 중학교에 다니게 되었으며, 수험 공부를 열심히 했다. 그리고 진로도 스스로 결정했다. 그것 말고도 예전에는 매일같이 어머니에게 이야기했던 「오늘 있었던 일」이 떨어져서 지낸 나날만큼 쌓여 있는 것이다.

아무리 이야기를 해도, 이야기가 끝날 리가 없다. 아무리 이야기를 하더라도 부족할 것이다.

사쿠타가 처음으로 시계를 보니, 이 집에 오고 세 시간 넘게 지나 있었다. 원래 한두 시간 동안 면회를 하며 반응을 살핀 후에, 천천히 시간을 늘릴 예정이었는데 말이다.

세 시간 동안 쉬지 않고 말을 늘어놓던 카에데의 배에서 「꼬르륵」 하는 소리가 흘러나온 것도 무리는 아니었다.

"조금 이르지만 저녁 먹을까?"

어머니가 그렇게 말한 후, 정말 오래간만에 가족 넷이 한 식탁에 둘러앉았다. 아버지가 사쿠타와 함께 요리를 했고, 사 온 슈마이도 전자레인지로 데워서 테이블에 놓았다.

식사를 하면서도 카에데는 쉴 새 없이 말을 늘어놓았으

며, 「다음에 엄마가 만든 크로켓이 먹고 싶어. 나도 만드는
걸 도울게」, 「좋아. 같이 만들자」 같은 이야기도 나왔다. 사
쿠타는 그 말을 들으면서, 멈춰 있던 카에데와 어머니 사이
의 시간이 다시 흐르기 시작했다는 것을 실감했다.

식사를 마친 후, 카에데가 조심조심 가져온 푸딩을 디저
트 삼아 먹었다.

"맛있구나."

"응. 맛있어."

어머니와 카에데도 그리움을 곱씹으며, 그리고 때때로 이
유도 없이 눈물을 흘리며, 가족과 함께 시간을 보냈다.

사쿠타와 카에데가 찾아왔을 때보다 어머니의 안색이 좋
아진 것 같은 느낌이 들었고, 눈동자에도 확연한 의지와 힘
이 어려 있었다.

사쿠타는 이런 날이 올 거라고는 얼마 전까지만 해도 상
상조차 하지 못했다. 자신의 가족들이 당연한 듯이 이렇게
함께 있는 광경이, 사쿠타에게는 머나먼 일처럼 여겨졌던
것이다.

그것을 카에데가 바꾸려 하고 있다. 되찾으려 하고 있는
것이다.

사쿠타는 그 사실이 무엇보다도 기뻤다.

어느새 저녁 여덟 시가 다 되어 가고 있었다.

사쿠타와 아버지가 설거지를 마쳤을 즈음에도, 카에데는 어머니와 계속 이야기를 나누고 있었다. 지금은 자신의 진로에 대해 열심히 이야기하고 있었다.

　솔직히 말해 이제 그만 돌아가자는 말을 할 분위기가 아니었다.

　그래서, 자신의 역할을 다하려는 듯이 아홉 시가 되기 직전에 아버지가 그렇게 말했다.

　"시간이 너무 늦었으니까, 이제 그만……."

　그 순간, 어머니가 그 말을 한 것은 어찌 보면 당연한 거라고 사쿠타는 생각했다.

　"그럼 오늘은 자고 가면 되겠네."

　어머니는 그렇게 말하더니…….

　"어떠니?"

　……하고 말하며 카에데를 향해 미소를 지었다.

　"그래도 돼?"

　카에데가 머뭇거리면서 물었다.

　"응."

　"오빠……?"

　자신이 결정을 해도 될지 고민하던 카에데는 사쿠타와 아버지를 돌아보았다. 그러자 사쿠타는 아버지에게 눈짓으로 의견을 물었다. 오늘 어머니의 반응을 보아하니, 카에데가 이 집에 하루 묵는 것 정도는 아무 문제도 되지 않을 듯한 느낌이 들었다. 아니, 오히려 그편이 나을 듯한 느낌마저 들었다.

카에데는 중학교를 졸업했으니, 내일 학교에 가지도 않는다. 말하자면, 카에데는 현재 봄 방학 중이나 마찬가지인 것이다. 부모님의 집에서 하루 묵어봤자, 누구도 그녀를 나무라지 않을 것이다.

아버지는 잠시 생각을 한 후······.

"그래. 그렇게 할까?"

어머니의 의사를 존중하는 결론을 내놓았다.

"오빠는 어쩔 거야?"

그 후, 카에데는 사쿠타에게 물었다.

"오늘은 돌아갈게. 나스노한테 밥을 챙겨줘야 하거든."

게다가, 사쿠타는 내일도 학교에 가야 한다. 금요일까지 치른 기말시험의 답안만 확인할 뿐이지만······ 어차피, 홀로 집에 있는 나스노를 내버려 둘 수도 없었다.

"나스노도 데려올 걸 그랬어."

"그 애도 잘 지내니?"

"응. 잘 지내."

"다음에는 데려오렴."

아버지가 그렇게 말했다.

"이 맨션, 반려동물도 괜찮은 거야?"

사택인 맨션에 함부로 반려동물을 데려와도 되는지 좀 신경 쓰였다.

"미리 자초지종을 이야기해두면, 하루 정도는 허락해주겠지."

아버지는 돌려서 반려동물을 키우는 게 금지되어 있다는 것을 알려줬다.

"그럼 나는 돌아갈게."

사쿠타는 그렇게 말하며 자리에서 일어났다.

"오빠, 조심해서 돌아가."

"엄마를 잘 부탁해, 카에데."

"응."

사쿠타는 현관으로 가서 신발을 신었다.

"엄마, 다음에 또 올게."

집 안을 쳐다보며 그렇게 말한 사쿠타는 문을 열고 밖으로 나갔다. 우산꽂이에 넣어둔 우산도 챙겼다.

아버지는 샌들을 신고 맨션 건물 밖까지 배웅을 나왔다.

"비, 그쳤구나."

하늘을 올려다보니, 아직 옅은 구름이 끼어 있기는 하지만 비는 그쳤다.

대기에 섞여 있던 것들이 비에 다 씻겨나간 건지, 공기가 맑아진 게 느껴졌다.

"고맙구나, 사쿠타."

"응."

뭐가 고맙다는 건지는 모르겠지만 괜히 되묻는 것도 좀

멋쩍을 것 같았기에, 사쿠타는 애매하게 대답했다.

　명확하게 알지는 못하지만, 어떤 의미인지 얼추 이해는 됐다. 오늘, 가족 넷이 한곳에 모여 같은 시간을 보냈다. 겨우 몇 시간에 불과하지만, 영원히 오지 않을 줄 알았던 몇 시간이 다시 찾아온 것이다. 타인이 보기에는 별것 아닐지도 모르지만, 사쿠타의 가족에게 있어서는 기적이나 다름없는 시간이었다. 그렇기에, 오늘 일에 대한 아버지의 마음이 말이라는 형태로 넘쳐 나온 것이다.

　매우 심플하면서도, 소중한 의미를 지닌 말이다.

　"카에데에게도 그 말을 해줘."

　"그러마."

　"분명, 기뻐할 거야."

　"그렇겠지."

　"……."

　"……."

　"그럼 가볼게."

　사쿠타가 걸음을 내디디려고 하자…….

　"사쿠타."

　아버지가 그를 불러 세웠다.

　"응?"

　"실은 전부터 주려던 건데…….."

　아버지가 그렇게 말하며 꺼낸 것은 약간 빛바랜 은색을

띤 열쇠였다.

"집 열쇠야?"

이 집의 열쇠, 라는 의미다.

"그래. 앞으로 쓸 일이 있을지도 모르잖니."

"알았어. 받아둘게."

사쿠타는 아버지의 체온에 의해 희미한 온기를 지닌 열쇠를 건네받았다. 그 후, 가볍게 손을 들어 보이며 돌아가 보겠다는 의사 표시를 했다.

"조심해서 가렴."

"아버지, 카에데와 엄마를 부탁해."

짤막하게 인사를 나눈 후, 사쿠타는 역을 향해 걸음을 옮겼다. 아버지가 자신의 등을 쭉 쳐다보고 있는 듯한 느낌이 들었다. 하지만 사쿠타는 모퉁이를 돌아서 대로로 나갈 때까지, 뒤를 돌아보지 않았다.

어떤 표정을 지으며 돌아보면 좋을지 모르겠는 데다, 아버지 또한 돌아본 사쿠타에게 어떤 반응을 보이면 좋을지 분명 모를 거라는 생각이 들었던 것이다.

사쿠타는 일부러 앞만 바라보면서, 걸음을 옮겼다.

혼자서 돌아가고 있는 사쿠타는 마음이 고양된 탓에 시종일관 안절부절못했다.

역을 향해 걸어갈 때도……

플랫폼에서 전철을 기다릴 때도…….

전철을 갈아탈 때도…….

흔들리는 전철 안에 있을 때도…….

기쁨으로 가득 찬 몸은 열기를 머금은 채 사쿠타를 고조시켰다. 재촉했다.

그렇다고 해서 지금 바로 내달리고 싶거나, 고함을 지르고 싶은, 그런 격렬한 충동을 동반한 감정과는 달랐다. 기쁨이 조용히 맥박치고 있는 느낌이었다.

익숙하지 않은 그 감각 때문에 몸과 마음이 당황하면서, 차분함을 잃어가고 있었다.

자기 자신이 정말 한심했다.

기뻐하는 것이 당연한 일이 있었는데, 그런 일이 일어났다는 사실에 놀란 나머지 솔직하게 그 기쁨을 곱씹지 못하고 있으니까…….

그런 의미에서 본다면, 카에데가 부모님의 집에 묵게 되어서 다행이라는 생각이 들었다. 이런 기분으로 여동생에게 무슨 말을 하면 좋을지 짐작조차 되지 않았다. 무슨 이야기를 나누든, 계속 얼이 나가 있었을 거라고 생각한다.

사쿠타는 자조하듯 마음속으로 웃음을 흘렸다. 하지만 얼굴에 그런 감정을 드러냈다간 주위의 승객들이 이상한 눈으로 쳐다볼 것이기에, 아무 일도 없는 듯한 표정으로 문 옆에 서서 창밖에 펼쳐진 한밤중의 풍경을 응시했다. 후지사와역에 도착할 때까지 쭉…….

사쿠타가 후지사와역에서 전철을 내리자, 플랫폼에 설치된 시계는 열 시 직전을 가리키고 있었다.

사쿠타는 에스컬레이터 앞에 줄을 서 있는 사람들을 피해, 계단을 올라갔다.

카에데는 지금도 어머니와 이야기를 나누고 있을까. 어쩌면 오래간만에 어머니와 함께 목욕을 하고 있을지도 모른다.

사쿠타는 그런 생각을 하면서 계단을 한 칸 한 칸 올라갔다.

겨우 하루 만에, 2년 동안 생긴 골이 단숨에 메워졌다는 생각이 들었다. 애초에 골 같은 건 없었던 것처럼, 카에데와 어머니는 너무나도 간단히 예전 같은 사이로 되돌아갔다.

가족이기에 가능한 일이라는 생각이 들었다.

"다시 함께 살게 될지도 모르겠네……."

생각했던 것보다 훨씬 빨리 그런 나날이 올지도 모른다. 오늘, 두 눈으로 목격한 그 상냥한 미소 덕분에, 그것이 그리 머지않은 미래일지도 모른다는 생각이 들었다.

금방이라도 울음을 터뜨릴 듯한 얼굴로 웃고 있던 카에데. 눈가에 맺힌 눈물을 닦으면서도 카에데의 이야기에 즐거운 듯이 귀를 기울이던 어머니. 두 사람은 쭉 손을 맞잡은 채, 웃고, 울고, 또 웃었다. 그런 두 사람의 모습을 보고 있던 아버지 또한 가슴이 벅찬지 몇 번이나 터져 나오려 하던 눈물을 웃음으로 얼버무렸고, 더는 참지 못해 화장실에 갔으며……. 그런 상냥한 얼굴들로 그 집 안은 가득 차 있었다.

오늘 사쿠타가 본 것은, 느낀 것은, 가족의 유대라 불리는 것이리라.

개찰구를 통과한 후에도, 집을 향해 걸어가면서도, 도중에 편의점에 들렀을 때도, 사쿠타의 몸을 가득 채운 고양감은 사라지지 않았다.

맨션으로 돌아와서 「다녀왔어」 하고 말하며 신발을 벗자, 아주 약간 마음이 편해졌다. 자기 집의 익숙한 공기를 느끼면서, 오늘 아침부터 마음속을 긴장시키고 있던 무언가가 약간 누그러든 느낌을 받았다.

소리를 들은 나스노가 거실에서 얼굴을 내밀며 「냐옹~」 하고 울었다.

"나스노, 다녀왔어. 배 많이 고프지?"

"냐옹~."

손을 씻고 양치질을 한 사쿠타는 나스노와 함께 거실로 갔다. 그리고 자신의 발치에서 응석을 부리는 나스노에게 사료를 줬다.

묵묵히 사료를 먹고 있는 나스노를 보며 마음의 평안을 느끼던 사쿠타는 곧 다시 오늘 일을 떠올리고 마음이 들떴다.

집에 돌아온 정도로 이 고양감은 가라앉지 않는 것 같았다.

그 점을 증명하듯, 목욕을 마쳤을 즈음에 마이에게서 걸려온 전화를 받은 사쿠타는 30분 넘게 통화를 했다. 평소에는 아무리 길어도 10분 정도였는데 오늘은 어머니를 만나러 간다는 소식을 마이에게도 미리 전해뒀기에, 그 일을 보고한 것이다.

카에데는 집을 나설 때부터 긴장했었다. 실은 어젯밤부터 그랬으며, 정확하게는 어머니를 만나기로 결정이 됐을 때부터 계속 신경 쓰는 눈치였다.

그래서 카에데가 어머니를 만나도 말문이 떨어지지 않을지도 모른다고 사쿠타는 생각했다. 하지만, 그렇지 않았다. 카에데는 사쿠타와 아버지가 참견을 하기도 전에 적극적으로 어머니에게 말을 걸고, 이야기를 나누며, 열심히 2년 동안의 공백을 메웠다.

마이에게 그 이야기를 하다 보니 순식간에 시간이 흘러갔다.

마이는 처음부터 끝까지, 열심히 이야기를 들어줬다.

『카에데 양, 힘냈나 보네.』

"예."

『정말 다행이야.』

마이가 자기 일처럼 기뻐하고 있다는 것이 수화기를 통해 느껴졌다.「잘됐네」하고 건성으로 말하지 않는 점이 정말 마이답다는 생각이 들었다. 카에데와 어머니의 만남이 좋은 방향으로 나아가고 있다는 것을 마이 본인이 기뻐해주고 있었다. 사쿠타는 마이가 자신과 카에데를 그렇게 생각해준다는 점이 너무나도 기뻤다.

"마이 씨, 미안해요. 통화가 너무 길어졌네요. 그리고 고마워요."

『괜찮아. 나도 신경이 쓰였거든. 그리고 내일 촬영 준비는 이미 마쳤어.』

마이는 이미 대사를 다 외웠다고 자랑스레 말했다.

"목요일에 돌아오죠?"

『일정상으로는 그래.』

"애타는 심정으로 기다리고 있을게요."

마지막에는 평소와 다름없는 어조로 이야기를 몇 마디 나눈 후……

『잘 자, 사쿠타.』

"잘 자요, 마이 씨."

……라는 말을 끝으로 전화를 끊었다.

2

어젯밤에는 당연히 잠이 잘 오지 않았다. 마음속 깊은 곳이 조용히 술렁이는 바람에, 사쿠타는 오전 세 시가 되어서야 잠에 빠져들었다.

하지만, 아침에 일어나보니 정말 개운했다. 자명종 시계가 울리는 것과 거의 동시에 의식이 깨어나더니, 그대로 몸을 일으켰다. 귀에 거슬리는 소리를 내고 있는 자명종 시계를 끈 후, 침대에서 빠져나와 크게 기지개를 켰다.

"으음~, 하아~."

온몸의 근육을 긴장시킨 후, 몸에서 힘을 뺐다. 그러자, 잠기운이 확 달아났다.

방을 나선 사쿠타는 거실로 향했다. 그러자 나스노밖에 없는 집 안이 너무 조용하게 느껴졌다. 정적이 피부를 감싸고 있었다.

카에데가 없을 뿐인데, 집 안의 공기가 평소와 꽤 달랐다.

이 집에서 홀로 아침을 맞이하는 것이 처음은 아니지만, 손가락으로 꼽을 수 있을 정도의 횟수뿐이었다. 그래서 아직 위화감을 느끼는 것이다.

평소에는 카에데가 있고, 그 전에는 『카에데』가 있었다.

"냐옹~."

자신의 발치에 다가온 나스노에게 아침밥을 줬다. 그 후, 사쿠타도 아침을 먹었다. 카에데가 없기에 식빵은 굽지 않고 먹었으며, 토마토 또한 통째로 먹었다. 물론 접시에 담지도 않았다. 설거짓거리를 만들지 않으려는 듯이, 전부 부엌에서 서서 먹어치웠다. 마지막으로 오렌지주스로 퍽퍽한 식빵을 밀어 넣으면서, 식사를 마쳤다.

시간적으로 여유가 있었기에 텔레비전을 켰다. 그리고 사쿠타는 아침 방송을 귀로 들으면서, 느긋하게 등교 준비를 했다.

그는 여덟 시가 약간 지났을 즈음에 집을 나섰다.

오랫동안 지나다녀서 익숙한 길을 따라 혼자서 역으로 향했다. 바지 정장 차림의 젊은 여성과 대학생으로 보이는 남성이 사쿠타와 마찬가지로 역을 향해 걷고 있었다. 두 사람 다 때때로 스마트폰을 조작하면서 걷다가 전봇대에 부딪칠 뻔했다. 아니, 대학생 쪽은 가볍게 부딪치더니, 「아 죄송합니다」 하고 사과를 했다.

딱히 특이할 것도 없는, 평소와 다름없이 평온한 일상이다.

내일도, 모레도, 지금과 비슷한 통학로가 사쿠타를 기다리고 있을 것이다.

지난주에도, 그리고 2주 전에도 별반 다르지 않았다.

평범하고 평소와 다르지 않으며 딱히 재미있지도 않은, 그런 아침 풍경이다.

쭉 이어져갈 일상이, 이곳에는 존재했다.

하지만, 이것은 언젠가 끝을 맞이하게 될 평범한 나날인 것이다.

1년 후, 사쿠타가 고등학교를 졸업하면 그렇게 될 것이며…… 그 이전에, 또 가족 넷이 함께 살게 될지도 모른다. 그렇다면 이사를 가게 될 가능성도 충분히 있다.

지금 카에데와 사쿠타가 살고 있는 후지사와의 이 맨션은 가족 네 명이 함께 생활하기에는 좁다. 게다가 어제 방문했던 아버지의 사택 또한 넓이는 피차일반이었다.

"아직 성급한 생각일까……."

그렇게 생각하는 한편, 사쿠타의 마음속에는 그것과 정반대되는 생각도 존재했다. 어제 카에데와 어머니의 모습을 보고, 가족 넷이 함께 살아가는 미래도 멀지 않은 곳에 있다는 느낌이 들었다.

"뭐, 그때 일은 그때 가서 생각하면 되겠지……."

솔직히 말하자면, 사쿠타는 자신이 후지사와 이외의 지역에서 생활하는 이미지가 머릿속에 떠오르지 않았다. 그래서, 사쿠타와 카에데, 그리고 부모님, 이렇게 네 사람이 함께 생활하는 풍경을 상상할 수 없었다. 카에데가 집단 괴롭힘을 당할 때까지는 평범하게 가족들이 함께 살아왔는데…….

"뭐, 어떻게든 될 거야……."

어떻게든 될 일이기도 했다. 2년 전, 카에데와 둘이서 후지사와에 이사를 왔을 때도 그랬다. 2년이 지나자, 여동생과 단둘이 생활하는 것도 당연하게 느껴졌다.

그러니, 지금 생활이 달라지더라도 후회하지 않도록 하루하루를 살아가면 된다. 뭔가 특별한 일을 할 필요가 없고, 특별한 일이 없는 나날이야말로 행복하다고 생각하며 살아가면 되는 것이다. 그것만 알고 있으면 괜찮을 것 같은 느낌이 들었다.

눈에 익은 풍경을 보면서 그런 생각을 하던 사쿠타는 약 10분 정도 걸려서 후지사와역에 도착했다.

JR의 역사를 지나 에노전 후지사와역에서 전철을 탔다. 차 안은 중고생들로 붐비고 있었다. 손잡이를 잡고, 천천히 달리는 전철 안에 서 있었다. 전철이 느릿느릿 달리는 만큼, 차량도 느릿느릿하게 흔들렸다. 그게 정말 기분 좋았다.

　　코시고에역을 지난 전철은 곧 해안선에 도착했다.

　　방금까지 주택가 안을 달리던 전철이 해안선에 도착하자, 시야가 탁 트이면서 창밖이 바다로 가득 찼다. 아침 햇살을 받은 해수면이 찬란히 빛나고 있었다.

　　그리고 사쿠타가 멍하니 바다를 바라보는 사이, 학교가 있는 시치리가하마역에 도착했다.

　　이 시간대에 이 역에서 내리는 이들은 대부분 미네가하라 고등학교의 학생, 아니면 교직원이다.

　　허수아비처럼 설치되어 있는 개찰기에 교통카드를 대면서 역 밖으로 나갔다. 역무원은 「좋은 아침」 하고 말하며 배웅해줬다.

　　교복 차림의 사람들로 이뤄진 물결이 역에서 학교를 향해 흘렀다. 사쿠타 또한 그 물결의 일부가 되며 다리를 건넜고, 건널목을 건넜으며, 교문을 통과했다.

　　건물 입구에는 친구인 쿠니미 유마가 있었다. 하지만 사쿠타를 질색하는 카미사토 사키와 같이 있었기에, 말을 걸지 않고 교실로 향했다.

　　사쿠타는 아무와도 이야기를 나누지 않은 채, 2학년 1반 교실에 도착했다.

절반 정도의 학생이 등교한 교실 안은 조례 직전 특유의 웅성거림으로 가득했다. 친구들끼리 삼삼오오 모여서 즐겁게 이야기를 나누고 있었다.

사쿠타는 그 모습을 곁눈질하면서 창가에 있는 자신의 자리에 앉았다. 날씨가 화창해서 그런지, 수평선이 선명하게 보였다.

벨이 울리더니, 아침 연습을 하던 운동부 학생들이 허둥지둥 교실 안으로 뛰어 들어왔다. 그 뒤를 이어, 담임이 교실에 들어왔다.

"없는 녀석, 손 들어봐~."

그런 식으로 대충 출석을 부른 후, 조례가 끝났다.

2학년 마지막 기말시험도 지난주에 끝났고, 오늘은 답안지만 받으면 된다. 수업도 오전 중에 끝나기 때문에, 학생들뿐만 아니라 교사들도 느슨해진 분위기였다. 순위가 확정된 상황에서 남은 리그 시합을 치르는 것처럼, 긴장감과 동떨어진 분위기가 교실 안에 존재했다. 지금은 학교 전체가 이런 분위기에 휩싸일 시기다.

사쿠타도 가능하면 그런 분위기에 휩싸이고 싶다. 하지만 기말시험이 끝난 후에도 사쿠타에게는 내년 수험을 대비해 공부를 계속해야만 하는 이유가 있었다.

그러니, 사쿠타는 단어장을 펼쳐서 일과인 암기를 시작했다. 교실 뒤편에서 「좀 있으면 반 배정을 하겠네」 하고 누군가가 중얼거렸지만, 누가 한 말인지는 눈치채지 못했다. 사쿠타는 알려고도 하지 않았다.

그런 것은 쉬는 시간에 나누는 잡담에 지나지 않는다. 토모에라면 내년 반 배정을 신경 쓰고 있겠지, 같은 생각만 들었다. 그것도 잠시 머릿속을 스쳤을 뿐이다.

전부 평소와 마찬가지다. 2학년 1반은 오늘도 변함이 없었다. 그래서 사쿠타는 이 상황에서 이변이 일어났다는 것을 전혀 눈치채지 못했다.

사쿠타는 1교시 수업이 시작되어서야 위화감을 느꼈다.

영어 교사가 출석 번호순으로 기말시험의 답안지를 돌려주려 했고…… 성이 『아즈사가와』인 사쿠타의 출석 번호는 1번이었다. 그러니, 가장 먼저 이름을 불려야 했다.

하지만, 「아즈사가와」는 불리지 않았다.

"……어?"

출석 번호가 2번인 학생이 이름을 불렸고, 3번, 4번인 학생도 호명됐다.

딱히 서두를 필요는 없으니, 나중에 확인하면 될 것이다. 사쿠타는 그렇게 생각했다.

그리고 반 애들 전원이 답안지를 돌려받았다. 점수를 보고 만족한 학생도 있는가 하면 「망했다…….」 하고 중얼거리며 절망하는 학생도 있었다.

그런 와중에, 사쿠타는 자리에서 일어서더니 교탁에 다가갔다.

"선생님, 저는 아직 답안지를 못 받았는데요."

사쿠타는 영어 교사를 향해 그렇게 말했다. 하지만, 영어 교사는 대답을 하지 않았다.

"그럼 첫 번째 문제부터 풀이를 하겠다."

영어 교사는 칠판 쪽을 향해 돌아서더니, 분필로 영어 문장을 쓰기 시작했다.

"선생님. 저도 답안지를 받고 싶은데요."

영어 교사가 분필을 놀리던 손을 멈추면서 뒤를 돌아보았다.

"이 부분을 틀린 사람이 많으니까 앞으로는 주의해라."

하지만 교사의 입에서 나온 말은 문제에 대한 해설과 주의점 등이었다.

사쿠타의 요청을 완전히 무시하고 있었다. 들은 척도 하지 않았다. 아니, 그것은 올바른 표현이 아닐 것이다. 영어 교사는 무시하는 것도, 못 들은 척을 하는 것도 아니다. 그것들은 의도적으로 하는 행동이며……. 그러니 이 상황은 그런 것들과 근본적으로 달랐다. 사쿠타는 명백하게 다르다고 느꼈다.

왜냐하면, 영어 교사는 사쿠타의 목소리가 들리지 않는 것 같았기 때문이다.

사쿠타의 모습이 보이지 않는다.

눈앞에 서도, 얼굴 앞에 손을 내밀어도, 아무런 반응도 보이지 않았다.

어깨에 손을 얹어봤지만, 움찔하지도 않았다.

반사적인 반응조차 보이지 않았다.

게다가 영어 교사만 그런 것이 아니었다. 2학년 1반 학생 전원이 사쿠타의 행동에 아무런 반응을 보이지 않았다.

"누구, 내가 보이는 사람 없어?"

사쿠타는 두 손을 흔들면서 전원에게 말했다.

하지만 아무도 「보인다」는 말을 하지 않았고, 사쿠타의 행동을 보고 인상을 찡그리거나 웃음을 터뜨리지도 않았다. 아무 일도 없다는 듯이 교사의 해설을 진지하게 듣고 있는 학생도 있는가 하면, 몰래 스마트폰을 조작하면서 히죽거리는 학생도 있었다. 사쿠타에게 불만을 터뜨리는 데 있어서 정평이 나 있는 카미사토 사키 또한 틀린 문제를 열심히 공책에 옮겨 적고 있었다.

"진짜로 내가 안 보이고, 내 목소리도 안 들리는 거지?!"

사쿠타는 확인 삼아 아까보다 큰 목소리로 그렇게 외쳤다. 교사의 목소리도 가려질 정도로 목소리가 컸으며, 거의 고함을 지른 것에 가까웠다.

하지만, 역시 아무도 반응을 보이지 않았다.

교사를 향해 「죄송한데, 방금 하신 말이 안 들려서 그러는데 다시 설명해주세요」하고 말하는 학생도 없었다.

"뭐가 어떻게 된 거야……."

지금 확인된 것은 주위 사람들이 사쿠타의 모습을 보지 못한다는 점이다.

목소리도 듣지 못했다.

존재 자체를 확인하지 못했다.

마치 작년 봄에 마이가 겪은 사춘기 증후군 같았다…….

상황을 봐선 그렇게 해석할 수밖에 없었다.

사쿠타가 당황한 것은 불가사의한 사태가 일어났기 때문이 아니다. 왜 이런 일이 벌어진 것인지, 그 이유를 알 수 없었기 때문이다.

그 점이 사쿠타를 혼란스럽게 했고, 당혹스럽게 했다.

아마, 사춘기 증후군이 발생한 것이리라. 백보 양보해서 그 점은 받아들일 수 있다. 실제로 주위 사람들이 사쿠타를 보지 못하니, 인정할 수밖에 없다. 하지만 그 원인이 뭔지, 사쿠타는 짐작조차 되지 않았다.

지금까지 사쿠타가 경험한 사춘기 증후군에는 이유가 존재했다. 마이에게도, 토모에게도, 리오에게도, 노도카에게도, 『카에데』에게도, 카에데에게도, 그리고 쇼코에게도…….

"나한테 요즘 무슨 일 있었나?"

무심코 사춘기 증후군이 발병하고 말 정도의 일, 깊은 고민에 잠기며 난처해할 일 말이다.

"……."

잠시 동안 생각에 잠겼다.

하지만 답을 찾아내지 못했다.

일전에 리오에게도 말했다시피, 현재 사쿠타에게는 이 세상에서 가장 귀여운 연인이 있다. 항상 마음이 쓰이던 카에데 또한 한 걸음씩 앞으로 나아가고 있다. 아무 문제도 없다. 아니, 행복한 하루하루를 보내고 있었다. 현재 전 세계의 인간들 중에서 사춘기 증후군과 가장 동떨어진 존재가 사쿠타일지도 모른다는 생각이 들 정도로…….

그런데, 상황은 그렇다고 볼 수가 없었다.

그렇다면, 토모에 때처럼 누군가의 사춘기 증후군에 휘말리고 만 걸까. 하지만, 공교롭게도 토모에 이외의 여고생의 엉덩이를 걷어찬 적은 없었다.

교탁 앞에 멍하니 서 있는 사쿠타를 방치해둔 채, 기말시험 문제의 풀이가 계속 진행됐다.

"일단 나를 볼 수 있는 사람이 없는지 확인해볼까."

아직 사쿠타가 보이는 사람이 어딘가에 있을지도 모른다.

수업 중인데도 불구하고, 사쿠타는 교실 문을 열고 복도로 나갔다. 하지만 영어 교사는 아무 말도 하지 않았다. 반 애들 또한 사쿠타를 기이한 눈길로 쳐다보지 않았다.

옆 반…… 2학년 2반의 문을 열어젖혔다. 일부러 쾅 소리가 나게 문을 열었지만, 교사와 학생은 쳐다보지도 않았다.

3반도, 4반도 마찬가지였다.

리오는 약간 지겨운 듯한 표정을 지으며 물리 교사의 설명을 듣고 있었으며, 유마는 하품을 하면서 현대 국어라는 수마와 싸우고 있었다.

2학년의 모든 반을 다 돌아봤지만, 아무도 사쿠타를 눈치채지 못했다.

"실례했습니다."

사쿠타는 마지막으로 들른 9반 교실을 나섰다. 그리고 주저 없이 계단을 내려가더니, 1학년 4반 교실로 향했다.

서로의 엉덩이를 걷어찬 사이인 토모에라면 혹시…… 같은 기대를 가슴에 품으면서 말이다.

"실례합니다."

사쿠타는 일단 그렇게 말하며 문을 열었다. 토모에에게 사쿠타가 보일 경우, 놀랄지도 모른다고 생각했기에 최소한의 배려는 한 것이다. 하지만, 결과적으로 본다면 그런 배려를 할 필요는 없었다.

반응은 2학년 교실과 마찬가지였다.

즉, 아무도 반응을 보이지 않은 것이다.

사쿠타가 교실 안에 들어왔는데도 수학 교사는 분필을 쥔 손을 계속 놀렸고, 교실에 있는 서른여섯 명의 1학년도 사쿠타가 난데없이 들어왔는데도 별다른 반응을 보이지 않았다.

토모에 또한 마찬가지였으며, 사쿠타가 62점이라 적힌 답안지를 쳐다보는데도 「멋대로 보지 마!」 하고 외치면서 감추지 않았다. 아쉽게도 말이다.

"코가도 나를 못 보네. 이거 큰일인걸……."

사쿠타는 그렇게 중얼거리면서도, 딱히 실감은 하지 못했다.

초조함에 사로잡히지도 않았다. 이미 놀라기에는 늦었다는 느낌이 들었다.

"일단 할 일을 해두도록 할까."

토모에의 반을 나선 사쿠타는 건물 입구를 지나, 교무실로 향했다. 유리창으로 된 접수처에는 사무원인 아주머니가 앉아 있었지만, 사쿠타가 그 앞을 지나가는데도 전혀 반응을 보이지 않았다.

수업 시간에 학생이 이렇게 돌아다니면 「무슨 일이니?」 하고 말을 걸어야 정상일 텐데…….

하지만 딱히 사무원 아주머니에게 볼일이 있어서 이곳에 온 것이 아니기에, 신경은 쓰지 않기로 했다.

사쿠타가 볼일이 있는 건 접수처 옆에 있는 공중전화기다.

수화기를 들면서 10엔짜리 동전을 집어넣었다. 그리고 사쿠타는 열한 자리 번호를 차례차례 눌렀다.

그것은 완벽하게 기억하고 있는 마이의 번호다.

열한 자리 숫자를 누른 후, 수화기를 귀에 댔다. 하지만, 어찌 된 영문인지 발신음이 들리지 않았다. 수화기의 선이 빠지지 않았는지 확인한 후에 다시 귀에 댔다. 하지만, 여전히 발신음은 들리지 않았다.

혹시나 싶어 노도카의 번호로 전화를 걸어봤지만, 결과는 같았다.

사쿠타는 10엔짜리 동전을 회수해서 주머니에 넣었다.

"큰일 났네……."

이 자리에서 할 수 있는 일은 전부 했다. 하지만, 사태는 개선되지 않았으며, 변화 또한 없었다. 알아낸 것도 없고, 눈치챈 것도 없다.

어쩌면 학교 밖으로 나가면 자신을 알아보는 사람이 있을지도 모른다고 사쿠타는 생각했지만, 그런 낙관적인 판단을 할 때가 아닌 것 같았다.

현재, 마이는 야마나시현에서 드라마 촬영을 하고 있다. 그런 마이에게 전화를 걸 수 없다는 것만 봐도 결과는 뻔하다는 생각이 들었던 것이다.

"문제는 이렇게 된 이유네……."

그것만 알아낸다면, 해결의 실마리도 찾을 수 있으리라.

반대로 그것을 알아내지 못한다면, 해결의 실마리도 찾을 수 없으리라.

사쿠타는 다시 마음속으로 짐작이 되는 구석이 없는지 생각해봤다.

적어도 어제까지는 주위 사람들에게 사쿠타가 보였다. 카에데와 함께 어머니를 만나러 갔고, 밤에는 마이와 전화 통화도 했다.

이런 상황이 발생한 것은 어제와 오늘 사이이다.

그 짧은 기간에 발생한 변화는 무엇인가.

"……."

변화라는 점만 본다면, 딱 하나 머릿속을 스치는 게 있었다.

어제, 크나큰 변화가 발생했다.

2년 만에 가족이 재회한 것이다.

그렇게 엄청난 일은 평생에 몇 번 일어나지 않을 거라고 생각한다.

하지만, 그 일을 사춘기 증후군과 연관 짓지 못했다. 뿔뿔이 흩어져 지내던 가족이 다시 하나가 되려 한다는 커다란 계기이자 첫걸음을, 어제 내디딘 것이다.

그것에 대체 무슨 문제가 있다는 걸까.

오히려 지금까지 사쿠타와 카에데, 어머니와 아버지를 둘러싸고 있던 문제가 2년이라는 세월이 지나 겨우 해결을 향해 나아가려 하고 있는 것이다. 카에데는 지금까지 최선을 다해왔고, 어머니 또한 많은 고난을 뛰어넘었을 것이다. 그런 두 사람의 버팀목이 되어온 사쿠타와 아버지 또한, 언젠가 다시 가족이 함께 지낼 수 있기를 바라며 하루하루를 살아왔으며……

그 염원이 드디어 소소한 결실을 맺었다.

아무리 생각해도 사춘기 증후군의 원인이 될 것 같지는

않았다.

하지만, 그것 말고는 짐작 가는 구석이 없는 것도 사실이었다.

자신의 감정을 제쳐두고 상황만 본다면…… 어제와 오늘 사이에 존재한 커다란 변화는 그것뿐이다.

어머니와의 재회…….

"……가볼 수밖에 없겠어."

학교에 계속 남아 있어봤자 상황이 좋아질 것 같지는 않았다. 이곳에서 할 수 있는 일이 있는 것도 아니다.

카에데도 아직 어머니와 같이 있을 테니, 그녀에게 사쿠타가 보이는지도 확인할 수 있을 것이다.

사쿠타는 2학년 1반 교실로 돌아간 후, 아직 시험 문제 풀이를 하고 있는 영어 교사 앞을 당당히 지나 가방을 챙겼다. 그리고…….

"조퇴하겠습니다."

……하고 말한 후, 교실을 나섰다.

신발장으로 가서 신발을 갈아 신었다. 실내화를 신발장에 넣자, 하복부 언저리에서 기묘한 떨림이 느껴졌다. 긴장한 것이다. 대체 무엇 때문에…….

"……."

사쿠타는 자기 자신에게 던진 질문에 대한 답을 입에 담지 않았다. 답이 생각나지 않았기 때문이 아니다. 오히려, 그 답은 어느새 사쿠타의 내면에 선명하게 떠올라 있었다.

　—어머니를 만나러 가기 때문에, 긴장하고 있는 것이다.

　마음속으로 그렇게 되뇌자, 몸도 그제야 그것을 자각한 것처럼 온몸에 떨림이 퍼져 나갔다. 혈관을 통해, 그 떨림이 온몸으로 흘렀다. 그것이 사쿠타의 몸을 아주 약간 무겁게 만들었다.

　시야가 평소보다 좁아진 듯한 느낌이 들었다.

　숨도 잘 쉬어지지 않았다.

　자신을 옥죄는 감정의 정체로부터 눈을 돌린 채, 사쿠타는 걸음을 내디뎠다.

3

　후지사와역에서 탄 전철은 서 있는 사람이 거의 보이지 않을 만큼 한산했다. 아침의 통근 및 통학 시간이 훌쩍 지난 점심때라는 어중간한 시간대라서 그럴 것이다.

　전철 안에서는 느긋한 공기가 흐르고 있었다.

　사쿠타가 탄 차량에서 서 있는 이는 사쿠타 한 사람뿐이었다. 빈자리가 없는 건 아니다. 빈자리는 눈에 들어왔다. 누구나 좋아하는 시트의 구석 자리도 비어 있었다.

　하지만, 사쿠타는 자리에 앉지 않았다. 마음이 진정되지 않기 때문이었다.

사쿠타는 문가에 기대듯 선 채, 창밖의 경치를 쳐다보았다. 그렇게 해서라도, 생각이 자신의 내면이 아니라 외면을 향하게 하고 싶은 것이다.

자신의 내면에 깊이 빠져들었다간, 하복부 언저리에 존재하는 긴장감과 대치하게 될 것이다. 그리고 그 너머에 존재하는 『그 녀석』의 정체를 눈치채고 말리라.

하지만 창밖을 보는데도, 어머니를 만나러 가며 느끼는 이 긴장감을 잊을 수가 없었다.

그것을 증명하듯, 사쿠타는 호주머니 안에 들어 있는 열쇠를 움켜쥐었다. 어제 헤어질 적에 아버지가 준 사택의 열쇠다. 잃어버리지 않기 위해 사쿠타가 살고 있는 후지사와의 맨션 열쇠와 함께 키홀더에 달아뒀다.

전철이 요코하마역에 도착했을 즈음에야, 사쿠타는 자신이 열쇠를 움켜쥐고 있다는 것을 자각했다. 교통카드를 꺼내 든 오른손 손바닥에는 열쇠 자국이 선명하게 남아 있었기에…… 눈치채지 못할 리가 없었다.

어제와 마찬가지로 케이힌 토호쿠 선의 전철을 타고 다음 역으로 이동했다. 히가시 카나가와역에서 사쿠타는 요코하마 선으로 갈아탔다. 그리고 10분 정도 이동하면, 내려야 할 역에 도착한다.

전철 안은 토카이도 선보다 더 한산했지만, 사쿠타는 빈

자리에 앉지 않았다. 하반신이 긴장감으로 가득 찬 탓에 그냥 서 있는 편이 심정적으로 편했기 때문이다.

도중에 있는 역에서도 내리거나 타는 사람은 적었으며, 전철은 차분한 분위기에 사로잡힌 채 코즈쿠에역에 정차했다.

사쿠타는 문이 완전히 열리기도 전에 플랫폼으로 빠져나왔다. 그리고 계단을 뛰어 내려간 후, 개찰구에도 가장 먼저 도착했다.

남쪽 출입구로 나간 후, 큰 길이 나올 때까지 걸음을 옮겼다. 그 후, 한동안 길을 따라 나아갔다.

어제 지나갔던 길이다.

어제도 적지 않게 긴장한 채 지나갔던 길이다.

하지만, 어제 느낀 긴장은 아무것도 아니라는 생각이 들었다.

집에 다가갈수록, 사쿠타는 호흡이 가빠지는 느낌을 받았다.

아무리 숨을 쉬어도 산소가 부족한 듯한 느낌이 들었다.

그리고 숨을 가쁘게 뱉고 들이쉬는 사이, 호흡의 리듬과 밸런스가 무너졌다.

걸음을 옮기는 페이스를 떨어뜨리면서 마음을 어떻게든 진정시키려 했지만, 두 발의 감각마저 이상해진 건지 뜻대로 되지 않았다. 누군가가 자신의 몸을 조종하고 있는 듯한 착각마저 들었다.

눈에 익은 건물이 보이자, 사쿠타는 오른편의 골목으로

들어갔다. 이제 50미터 정도 더 나아가면, 아버지가 살고 있는 사택 맨션에 도착한다. 건물의 외벽은 이미 보였다.

앞으로 40미터, 30미터, 20미터…… 맨션의 입구가 보였다. 그리고 그곳에는…….

"……아."

사쿠타는 놀란 듯한 어조로 그렇게 말하며 멈춰 섰다.

맨션에서 나오고 있는 이가 보였다. 두 명이었다. 그리고 둘 다 눈에 익은 실루엣을 지녔다.

한 사람은 카에데다.

그리고 다른 한 사람은 어머니다.

카에데는 어머니의 팔을 꼭 잡은 채, 뭔가 이야기를 하고 있었다.

표정은 즐거워 보였으며, 미소 또한 머금고 있었다.

어머니도 상냥한 미소를 머금고 있었다.

시장을 보러 가는 건지, 두 사람은 대로가 있는 쪽으로, 사쿠타가 있는 쪽으로 오고 있었다.

거리가 가까워지자, 두 사람의 웃음소리가 들렸다.

"크로켓을 만들 때, 먼저 감자를 익히는구나."

"그래. 익힌 다음에 으깬 후, 따로 볶아둔 고기와 양파를 섞는 거야."

두 사람의 이야기 소리도 들렸다.

"손이 많이 가네."

"하지만, 오늘은 카에데가 도와줄 거잖니? 괜찮을 거야."

"으, 응. 열심히 해볼게."

카에데와 어머니는 눈앞에 있었다. 3미터도 채 떨어져 있지 않았다.

사쿠타는 골목 한가운데에 멀뚱히 서 있었다. 그러니 아무리 이야기에 열중하더라도, 보인다면, 두 사람의 시야에 들어갈 것이다. 보인다면, 사쿠타의 존재를 눈치챌 것이다. 눈치채지 못하는 게 이상했다.

주택가 골목에는 사쿠타, 카에데, 어머니밖에 없었다. 카에데와 어머니는 눈에 띄었고, 사쿠타 또한 확연히 눈에 띄었다.

하지만, 크로켓을 만드는 법에 관해 이야기하고 있는 어머니와 카에데는 사쿠타의 옆을 그냥 지나쳤다. 마치, 사쿠타가 존재하지 않는 것처럼 자연스레…… 그의 옆을 지나갔다.

사쿠타는 고개를 돌려서 두 사람의 등을 응시했다.

그리고 말을 걸려는 것처럼 입을 열었다.

"……."

하지만, 사쿠타의 입에서는 아무 말도 나오지 않았다. 「카에데」라는 말도 「엄마」라는 말도, 사쿠타의 입에서는 나오지 않았다.

그저 골목 한가운데에 서서, 어머니와 카에데의 뒷모습이 모퉁이 너머로 사라질 때까지 쳐다보았다. 그저 쳐다볼 수밖에 없었다.

이제 와서 공포가 샘솟았다. 배 한가운데에서 덩굴처럼 뻗어 나가고 있는 차가운 감정이 사쿠타의 온몸을 휘감았다.

사쿠타는 그것을 떨쳐내려는 것처럼 아버지의 사택인 낡은 맨션을 돌아보았다. 그리고 계단을 두 칸씩 올라가며 3층까지 단숨에 올라갔다.

그리고 「아즈사가와」라 적힌 명패가 걸린 문 앞에서 그는 멈춰 섰다.

사쿠타는 숨을 헐떡이면서, 어제 아버지에게 받은 열쇠로 문을 열고 집 안에 들어갔다. 피로 때문에 둔해진 발을 억지로 놀리면서 신발을 벗었다. 신발이 뒤집어졌는데도 개의치 않았다.

사쿠타는 어제도 이 집을 방문했었다.

가족 넷이 함께 시간을 보낸 거실이 눈에 들어왔다.

2년 만에 넷이서 둘러앉았던 식탁도 보였다.

익숙하지 않게 느껴졌던 이 집의 공기 또한, 오늘은 왠지 정겹게 느껴졌다.

어제, 가족 간의 따뜻한 시간이 흘렀던 공간…….

겨우 하루가 지났지만, 어제의 추억이 이곳에는 존재했다.

그렇기에, 이곳에 무언가가 있을 거라고는 생각하지 않았다. 사춘기 증후군의 이유가, 이 장소에 있을 거라는 생각은 들지 않았다.

하지만, 다른 가능성 또한 존재하지 않는 것도 사실이다.

이 사춘기 증후군과 연관이 있을 듯한 건, 어제 일…… 어머니와의 재회뿐이다.

남의 집에 몰래 숨어드는 듯한 느낌을 받으면서도, 사쿠타는 장지문을 열고 거실 옆에 있는 방으로 향했다.

살풍경한 다다미방이었다.

구석에는 이부자리 두 개가 개어져 있었다. 아마 어젯밤에 카에데와 어머니가 이곳에서 함께 잠을 잤으리라.

그리고 방 한편에 낡은 화장대만이 놓여 있었다.

사쿠타는 그 화장대 위에 놓여 있는 공책 한 권을 발견했다. 평소 사쿠타가 학교에서 쓰는 공책과 비슷했다. 흔히 대학 노트라 부르는 것이다.

표지에는 아무것도 적혀 있지 않아서, 펼쳐볼 때까지는 뭐가 적혀 있는 공책인지 알 수 없었다.

그리고 펼쳐본 순간, 이것이 어머니의 일기라는 사실을 눈치챘다.

눈에 익지는 않지만 예쁜 글씨체가 공책의 첫 페이지부터 끝 페이지까지 적혀 있었다.

첫 페이지에 적힌 날짜는 2년도 더 되어 있었다. 그리고 일기가 적힌 날짜 사이에는 공백이 있으며, 길 때는 한 달 이상 텀이 있기도 했다.

일기의 분량 또한 달랐다. 한 페이지를 가득 채우고 있을 때도 있지만, 한두 줄밖에 안 될 때도 있었다. 오히려 짧을 때가 더 많았다.

카에데가 집단 괴롭힘을 당하는데, 나는 아무것도 해줄 수 없다.
나는 엄마 실격일지도 모른다.

그것이 첫 페이지에 적혀 있는 말이었다.
그 글자가 눈에 들어온 순간, 사쿠타는 가슴이 옥죄어들었다.
어머니가 당시에 어떤 느낌을 받았고, 어떤 생각을 했는지, 사쿠타는 본인에게 직접 듣지는 못했다. 카에데가 사춘기 증후군에 걸린 바람에, 그런 것을 물을 상황이 아니었다.
그리고 이제 와서 문자를 통해 그것을 알게 되자, 가슴이 무거워졌다.
일기에 적혀 있는 건 카에데의 힘이 되어주지 못한 것에 대한 후회뿐이었다.
공책의 절반가량에는 그런 어두운 감정이 나열되어 있었다.

나는 엄마, 실격.

대체 어떤 마음으로 이런 글을 적은 것일까.

앞뒤 내용이 없는 그 단편적인 한마디를 보자, 공기가 목을 틀어막는 듯한 느낌이 들었다. 발치에서 뻗어온 무언가가 사쿠타를 땅속으로 끌고 들어가려 했다. 그런 무거운 감정이 사쿠타를 휘감았다.

카에데에게 괜찮아, 하고 말했다.
전혀 괜찮지 않은데, 그렇게 말할 수밖에 없었다.
나는 정말 못난 엄마다.

말 한 마디 한 마디가 못이 되어 몸에 박혔다. 마음의 고통 때문에 몸이 아픈 듯한 느낌마저 들었다.
그래도, 사쿠타는 노트에서 눈을 떼지 않았다. 계속 읽었다. 아니, 읽을 수밖에 없었다는 표현이 옳을지도 모른다.
그 이유 중 하나는 후반부로 가면 갈수록 문장의 내용이 변하기 때문이었다.

카에데를 만나고 싶다.
사과하고 싶다. 미안해.
이번에는 그 아이의 어엿한 엄마가 되어주고 싶다.

사쿠타는 그 마음에 대해 더욱 알고 싶다고 생각했다. 그렇게 해서, 어머니의 검게 변해버린 마음속을 훔쳐본 것에 대한 후회에서 벗어나고 싶었으리라. 조금이라도 「다행이야」라는 감정을 느끼고 싶었다.

또 하나의 이유는 그것과 정반대의 감정에 기반하고 있었다. 사쿠타 자신이 느끼고 있는 불길한 감정이 그 이유다.

이 수기를 절반 정도 읽었을 때부터 느끼고 있었다.

후반부로 나아갈수록, 명확한 의문이 생겨났다.

어머니의 수기에는 『무언가』가 없었다.

완전히 빠져 있었다.

처음에는 조그마했던 의문이 페이지를 넘길수록 점점 커지더니, 3월 15일…… 즉, 어제 쓴 일기를 보자, 확신으로 변했다.

카에데는 정말 어엿한 여자애가 되었다.

정말 멋진 아이로 성장했다.

기쁘다.

이번에야말로, 카에데의 엄마가 되고 싶다는 생각이 들었다.

함께 힘내자고, 카에데가 말했다.

또 가족 셋이 함께 살 수 있으면 좋겠다.

그걸 위해, 힘내야겠다.

"……"

아무 말도 할 수 없었다.

그 어떤 감정도 샘솟지 않았다.

어머니가 적은 일기에는, 단 한 번도 그 이름이 적혀 있지 않았다.

「사쿠타」라는 이름이 한 번도 언급되지 않았다.

언제부터인지는 알 수 없었다.

하지만, 이 사실을 접하고, 눈치챈 것도 있다.

그것은 바로 어제 일이다.

이제 와서는 기분 탓이라고 생각할 수 없다.

우연히 그렇게 된 거라고, 생각할 수 없다.

눈치챘기 때문에, 눈치채고 말았다. 알았기 때문에, 알고 말았다.

그 사실을……

어제, 사쿠타는 어머니와 시선을 마주하지 않았다.

단 한 번도……

어머니의 눈동자에는 사쿠타가 비치지 않았다.

사쿠타를 쳐다보며, 웃어주지도 않았다.

어제, 사쿠타가 본 어머니의 미소는 전부 카에데와 아버지를 향한 것이었다.

"……그렇게 된 거구나."

차가운 무언가가 등골을 타고 흘렀다.

마음이 덜덜 떨리면서, 얼어붙어 갔다.

어머니가 자신의 존재를 인식하지 못했기 때문이 아니다.

그것은 사소한 일에 불과했다.

사쿠타가 공포를 느낀 것은…… 한나절 동안 같이 있으면서도, 어머니가 자신의 이름을 불러주지 않았다는 것을 눈치채지 못했던 어제의 자신 때문이다……. 어머니의 눈에 자신이 비치지 않는다는 것을 눈치채 못한 채, 마치 한 가족처럼 행동한 자기 자신이 무서웠다.

언제부터일까.

어머니가 사쿠타를 인식하지 못하게 된 것은…….

어머니가 사쿠타라는 존재 자체를 망각한 것은…….

그런 줄도 모른 채, 사쿠타가 태연하게 하루하루를 살아온 것은…….

자신이 행복하다고 여기며 살아온 것은…….

아니, 이제 시기 같은 건 중요하지 않다.

과거를 돌이켜본들, 의미는 없다.

중요한 것은 현재다.

현재, 사쿠타는 어머니를 어떻게 생각하고 있는가.

어떤 감정을 품고 있는가.

그것이 훨씬 중요한 것이다.

예전에 노도카가 사쿠타에게 물은 적이 있었다.

—너는 부모님을 어떻게 생각해?

그때, 사쿠타는 뭐라고 대답했던가. 분명 「부모님이라 생각해」 하고 대답했다. 그 말에는 거짓이 섞여 있지 않았다.

자신의 생각을 솔직하게 밝혔을 뿐이다.

—그런 당연한 거 말고도 있잖아? 좋아한다든가, 싫어한다든가, 짜증 난다든가, 성가시다든가…….

그 말에는「그럼 그거 전부 다야」하고 대답했다. 당시에 노도카는 어머니와 관련된 문제를 안고 있었기에, 사쿠타는 약간 허세를 부리듯 그렇게 대답했다.

하지만, 그것만이 아니었다.

좋아한다거나 싫어한다 같은 다양한 감정을 인정할 수 있는 건, 한때는 그것들을 진심으로 마음에 품고 있었기 때문이다. 그런 감정이 자신의 몸을 거쳐 간 후이기 때문이다. 그대로 거쳐 간 후, 과거에 두고 올 수 있었기 때문인 것이다.

말하자면, 사쿠타는 어머니가 자신의 곁에 없다는 사실을 이미 극복했다고 생각했다. 하지만, 실은 그렇지 않았다. 그저 적절히 타협하며 체념했을 뿐일지도 모른다.

카에데와 후지사와로 이사를 하고, 단둘이서 생활하느라 정신이 없었기에, 어머니의 용태는 사쿠타의 노력 여하로 어찌 되는 게 아니라 단정 지으며 그것에 관해 생각하는 것 자체를 포기했다. 무의식적으로 마음속에서 그 생각을 떼어냈다. 자각조차 못 하며 내팽개친 것이다.

그리고 2년이라는 세월이 흐르면서, 사쿠타는 어머니가 곁에 없는 일상을 당연시하게 되었다. 완전히 익숙해지면서, 편안하게 받아들이고 만 것이다.

그렇기에, 어머니에게 어떤 표정으로 어떤 이야기를 하면
좋을지 알 수가 없었다. 지금도 몰랐다. 모르기 때문에, 이
런 사태에 처한 것이다.

　어머니도 사쿠타를 보지 못했다. 어머니도 사쿠타의 존재
를 알아차리지 못했다. 이 세상은 그런 어머니와 사쿠타를
배려해서, 이렇게 상황을 맞춰줬다. 모든 이들의 인식 속에
서도 사쿠타라는 존재를 지운 것이다.

　어머니의 인식이 틀리지 않았다는 것을 증명하기 위해,
사쿠타와 어머니의 관계에 한 점의 거짓도 존재하지 않도록
하기 위해……

　사쿠타를 낳아준 사람은 바로 어머니다.

　그런 어머니가 사쿠타라는 존재를 인식하지 못한다면, 그
를 이 세상에 낳지 않았다는 것과 동일할지도 모른다.

　복부에서 통증이 느껴졌다. 새로운 흉터가 생긴 자리가
아팠다. 신경이 쓰여서 셔츠를 걷어보니, 지금도 옆구리에서
배꼽 언저리를 향해 그어진 새하얀 흉터가 생생하게 남아
있었다.

　상황을 파악하자, 왜 배꼽 언저리에 흉터가 생긴 건지 짐
작이 되었다.

　이 세상에 태어날 때까지, 어머니와 이어져 있던 장소인
것이다.

　흉터를 만져보자, 방금 느낀 고통이 착각이었다는 것처럼

그 어떤 감각도 느껴지지 않았다.

안 좋은 생각에 삼켜지기 직전, 사쿠타는 어머니의 일기를 조용히 덮었다. 그리고 화장대의 원래 있던 자리에 살며시 뒀다.

"진짜 웃을 일이 아니네……."

사쿠타는 그렇게 말하면서도, 메마른 웃음을 흘렸다.

아무런 감정도 담기지 않은 기나긴 숨을 토했다. 한숨이 아니라 어디까지나 숨을 말이다. 그저, 숨이 입 밖으로 흘러나왔을 뿐…….

마음은 움직이지 않았다.

움직임을 멈춘 채, 꼼짝도 하지 않았다.

후지사와에서의 생활은 나쁘지 않았다고 생각한다. 부모님과 떨어지고, 지금까지 살던 곳을 벗어나, 아는 사람이 한 명도 없는 곳에서 처음부터 시작했다. 백점 만점은 아닐지도 모르지만, 충분히 합격점을 받을 만하다고 스스로 생각했다.

나름 썩 잘 살아왔다.

그 점은 의심할 여지가 없다.

하지만 그런 만족의 이면에서, 희생된 것이 있었다. 어머니라는 존재를 희생시켜서 얻어낸 합격점인 것이다.

"……하지만, 어쩔 수 없잖아."

그럴 수밖에 없었던 것이다.

감정이 검은 소용돌이를 자아냈다. 빙글빙글 돌면서, 사쿠타를 휘감았다. 그를 멈춰 서게 했다.

오늘까지의 삶에 후회는 없다. 자신이 할 수 있는 일을 해 왔을 뿐인데……. 괴롭고, 분하며, 자신이 어찌할 수 없는 상황 속에서 눈물을 흘린 적은 있지만, 그것을 받아들이고, 극복한 끝에, 지금의 자신이 되었다는 자부심이 사쿠타에게는 존재했다.

소소한 행복을 행복이라고 여길 수 있게 되었으며, 상냥함에 도달하고 싶다고 생각할 수 있게 되었다. 소중한 것을 알고, 소중한 사람이 생겼다.

그것이 잘못되었을지도 모른다며, 느닷없이 문제점을 지적당한들, 순순히 받아들일 수 있을 리가 없다.

잘못되지 않았다고 생각하고 싶다. 문제점이 있을 리가 없다. 하지만 그런 식으로 생각하려 하는 자기 자신에게는 크나큰 결함이 존재하는 듯한 느낌이 들면서, 기분 나쁜 감정이 솟구쳐 올랐다.

현재의 자기 자신을 긍정한다는 것은 어머니라는 존재를 배제한 자신을 인정하는 것이나 다름없으니까…….

"……."

마음을 정리할 수가 없었다. 둘 중 한쪽만을 선택할 수는 없다. 그래서, 어디로 나아가야 할지 모르는 사쿠타는 이 방의 바닥에 깔린 다다미 위에 못 박힌 듯이 서 있을 뿐이었다.

바로 그때, 현관 쪽에서 소리가 들렸다. 자물쇠가 열릴 때 나는 딱딱한 소리가 들리더니, 그 뒤를 이어서…….

"다녀왔습니다."

문이 열리고 카에데가 집 안으로 들어왔다. 그 뒤를 이어 비닐이 바스락거리는 소리가 들렸다.

사쿠타가 거실에 나와 보니, 카에데와 어머니가 짐이 가득 들어 있는 슈퍼마켓 비닐봉지를 식탁에 내려놓았다.

"많이 무거웠지? 카에데, 괜찮니?"

"괜찮아~."

"카에데는 힘이 세네."

"이 정도는 아무것도 아냐."

비닐봉지에서 감자, 다진 고기, 양파가 나왔다. 그리고 빵가루와 밀가루, 달걀, 돈가스용 소스…… 양상추와 토마토도 나왔으며, 냉장 보관을 해야 하는 것들은 어머니의 지시에 따라 카에데가 냉장고에 집어넣었다.

일단 정리를 마친 후…….

"그럼, 시작하자."

어머니가 카에데를 향해 그렇게 말했다.

"응."

카에데가 힘차게 대답하자, 어머니는 그런 딸에게 앞치마를 입혀줬다. 카에데는 「혼자 입을 수 있어」 하고 말했지만,

어머니의 손길을 마다하지 않았다.

그리고 두 사람은 요리를 시작했다.

부엌에 놓인 식재료를 보니, 크로켓을 만들려는 것 같았다.

우선 감자를 씻어서 껍질을 벗겼다. 카에데는 감자칼로, 어머니는 식칼로 껍질을 벗겼다.

"엄마는 잘하네."

카에데는 자신이 감자칼로 껍질을 벗긴 감자와, 어머니가 식칼로 벗긴 감자를 나란히 두고 비교했다. 카에데가 껍질을 벗긴 감자가 더 울퉁불퉁했다.

"카에데도 연습하면 이 정도는 금방 할 수 있을 거란다."

어머니의 칭찬을 듣더니, 카에데는 기쁘다는 듯이 미소지었다.

껍질을 벗긴 감자는 빨리 익도록 적당한 크기로 자른 후, 물이 담겨 있는 볼에 넣었다.

"왜 물에 담그는 거야?"

"이러면 더 맛있거든."

"흐음~."

감자를 물에 담가둔 사이, 두 사람은 양파를 썰더니 다진 고기와 함께 볶았다.

그 후, 감자를 삶았다. 갓 삶은 감자는 카에데가 「아, 뜨거」 하고 즐거운 듯한 목소리로 말하면서 커다란 스푼으로 으깼다.

볶은 양파와 다진 고기를 으깬 감자와 섞자, 크로켓의 내용물이 완성됐다. 이제 적당한 크기로 나눠서 한 개씩 뭉친 후, 튀김옷을 입혀서 기름에 튀기면 된다.

　크로켓의 내용물을 동그랗게 뭉치면서도, 어머니와 카에데는 계속 이야기를 나눴다. 카에데는 처음으로 크로켓을 만들면서 악전고투했지만, 어머니가 미소를 지으면서 도와줬다. 그 모습은 누구 눈에도 사이좋은 모녀처럼 보일 것이다.

　사쿠타는 그 모습을 거실에서 계속 쳐다보고 있었다. 하지만 어머니도, 카에데도, 사쿠타의 존재를 눈치채지 못했다.

　압력 밥솥에 밥을 안친 후, 샐러드를 준비하고…… 저녁 식사의 밑 준비가 끝난 후에도, 두 사람은 사쿠타를 눈치채지 못했다.

　어머니가 베란다에 널어둔 세탁물을 카에데에게 도움을 받으면서 걷을 때도 그랬다. 아버지가 돌아오기를 기다리면서 저녁 뉴스 방송을 둘이서 보고 있을 때도, 어머니와 카에데는 사쿠타를 인식하지 못했다. 사쿠타에 대한 이야기조차 나누지 않았다.

　오후 여섯 시 즈음, 아버지가 일을 마치고 귀가했다. 가족 셋은 식탁에 둘러앉아서, 어머니와 카에데가 열심히 만든 크로켓을 먹으면서…….

　"맛있구나."

　"응. 맛있어."

"카에데가 열심히 도와준 덕분이란다."

……같은 이야기를 나눴다. 소리 내서 웃을 만큼 재미있거나 웃기는 일은 없었지만, 아버지도, 어머니도, 카에데도, 이 순간에 만족하면서 행복한 미소를 짓고 있었다.

냉장고 CF에 나올 듯한 이상적인 가족의 모습이다. 이런 날이 오면 좋겠다고, 사쿠타 또한 한 번은 꿈꿨을 광경이다.

그 광경과 차이점은 딱 하나다.

저 안에 사쿠타가 없다는 점, 그것 하나뿐이다.

"……"

사쿠타는 아무 말 없이 거실을 나섰다. 아무 말도 하지 못했다.

현관에서 신발을 신었다.

조용히 문을 연 후, 사쿠타는 가족들에게 인식조차 되지 못한 채 집을 나섰다.

거실에서 웃음소리가 들려오지만, 사쿠타는 집 안으로 돌아가지 않고 문을 닫았다.

호주머니에서 꺼낸 열쇠를 열쇠 구멍에 집어넣었다.

한순간 망설인 후, 사쿠타는 자신의 내면에 존재하는 무언가를 잠그듯, 열쇠를 돌렸다.

금속이 마찰하며 생겨난 메마른 소리가 들렸다.

▸

4

옅은 달빛이 비추고 있는 어두운 해수면에서는 파도가 일어나고 있었다. 묵직한 소리를 내며 밀려온 파도가 다시 돌아갔다. 그런 불길함이 한밤의 바다에는 존재했다.

오늘 아침, 아침 햇살을 받아 빛나고 있던 시치리가하마의 바다와는 너무나도 대조적이었다. 같은 장소라는 게 믿기지 않았다.

아버지의 사택을 나선 후, 어떻게 이곳에 왔는지 사쿠타는 기억하고 있지 않았다. 그저 2년간의 생활을 통해 사쿠타의 몸에 심어진 귀소본능에 따라, 이 마을로 돌아온 것이다.

사쿠타에게 있어서는 돌아갈 장소. 돌아가야 할 마을. 돌아가고 싶은 집은 이제 이곳이다.

"이러니까, 엄마가 나를 잊은 걸지도 몰라."

사쿠타는 자조 섞인 목소리로 그렇게 중얼거렸다.

어머니를 생각하지 않으며, 하루하루를 살아왔다.

어머니를 잊은 채, 행복해지려 했다.

이것이 그 결과다.

아버지와 어머니와 카에데. 셋이서 가족을 이룬 것이다.

그 광경을 목격한 사쿠타는 도망치고 말았다.

한층 더 커다란 파도 소리가 들렸다. 사쿠타의 발치까지 파도가 밀려왔다. 하지만 사쿠타는 도망치지 않았다. 물러서

지도 않았다. 지금은 그런 일에 마음이 반응하지도 않았다.

사쿠타의 마음은 한밤중의 바다 빛깔과 마찬가지로, 짙은 군청색으로 물들어 있었다.

다른 색을 섞으려 해도, 군청색에 삼켜지고 말았다.

보통 한밤의 바다를 보면 쓸쓸하면서도 무섭게 느껴져야 정상일 것이다. 사쿠타 또한 마찬가지였다. 하지만, 지금은 달랐다.

한밤의 바다를 보니 마음이 진정됐다. 끝없이 이어져 있을 듯한 그 짙은 색깔에 자신이 녹아들어 가는 듯한 착각마저 들었다. 왠지 그것이 기분 좋았다.

추위에 감싸여 있는 듯한 느낌이 들었다.

안겨 있는 듯한 느낌이 들었다.

그 감각에 몸을 맡기자, 아무 생각도 하지 않게 됐다.

자신과 바다의 경계선이 애매해지더니, 마치 바다의 일부가 된 것 같은 느낌이 들었다.

이윽고, 사쿠타는 자신의 마음을 넓은 바다에 맡겼다. 소용돌이치며 탁해지고 있는 감정을 흘려보내자, 바다는 그것을 받아들여 줬다.

잠시 후, 흙탕물처럼 탁하며 무겁던 마음이 정화되더니, 사쿠타의 머릿속에는 딱 하나만이 남았다.

그것은 바로 소중한 이의 미소였다.

아니, 실은 웃고 있지 않았다. 약간 삐친 듯한 표정으로

화를 내고 있었다. 왜 빨리 만나러 오지 않은 거냐며 사쿠
타를 꾸짖고 있는 것처럼도 보였다.

"마이 씨를 만나고 싶네."

사쿠타는 자신의 마음을 솔직하게 입 밖으로 토했다.

그러자, 갑자기······.

"아저씨, 미아야?"

뒤편에서 목소리가 들려왔다.

"······윽?!"

사쿠타는 화들짝 놀라며 뒤를 돌아보았다.

그러자, 책가방을 맨 여자애가 눈에 들어왔다.

마이를 닮은 여자애였다.

3월 1일에도 만났던 여자애였다.

"미아는 아냐."

"왜?"

"으음, 방금 그 말에 질문으로 답하면 안 될 것 같은데 말
이지."

"······응?"

여자애는 방금 그 말도 이해가 안 되는지, 고개를 갸웃거
렸다.

"그러는 너야말로 미아 아냐?"

"왜?"

"초등학생이 혼자서 이런 시간에 이런 곳을 어슬렁거리고

있잖아."

"아저씨와 같이 있으니까, 둘이야."

여자애가 귀여운 구석이라고는 전혀 없는 대꾸를 하자, 사쿠타는 딱히 재미있다고 생각하지도 않으면서 웃음을 터뜨렸다. 오늘, 처음으로 누군가와 이야기를 나눴다는 사실을 눈치채고, 마음이 무심코 안심한 것이다. 아니, 지금도 불가사의한 상황에 처해 있기에 그저 웃을 수밖에 없다는 게 정답이리라.

"내가 보이는구나."

"아저씨, 안 보이는 거야?"

"아무래도 그런 것 같아."

"그럼 미아 맞네."

사쿠타는 또 미아라는 말을 들었지만, 이번에는 부정하지 못했다. 확실히, 이런 상황도 미아라고 할 수 있을지도 모른다. 자신이 어디로 가야 할지 모르는 데다, 돌아갈 곳 또한 명확하지 않은 것이다.

"인생의 미아일지도 몰라."

"그럼 내가 같이 돌아가 줄게."

뭐가 「그럼」인 건지는 모른다. 그것을 묻기도 전에, 여자애가 사쿠타와 손을 맞잡았다. 조그마한 손으로 사쿠타의 손을 꼭 움켜잡았다.

그 손바닥에서는 온기가 느껴졌다. 사람의 온기다. 체온이 느껴졌고, 또한 따뜻했다. 그 조그마한 손을 통해, 자신이 살아 있다는 것을 실감할 수 있었다.

그러자, 아까보다 바닷바람이 더 강해진 듯한 느낌이 들었다. 바다 내음도 더 강렬해졌다.

"가자."

그런 사쿠타의 생각을 개의치 않듯, 여자애가 그의 손을 잡아당겼다. 사쿠타는 저항을 하지 않으며 첫걸음을 내디뎠다. 그리고 여자애의 보폭에 맞추며 두 번째, 세 번째 걸음을 모래사장에 새겼다.

모래사장에서 계단을 올라간 두 사람은 국도를 따라 나아갔다. 그리고 횡단보도를 건넌 두 사람이 도착한 곳은 바닷가 인근에 있는 시치리가하마역이었다.

사쿠타는 잠시 후에 도착한 전철에 여자애와 함께 탔다. 밤 열 시가 지나서 그런지 전철 안은 한산했고, 사쿠타는 여자애에게 이끌려서 긴 시트 좌석에 나란히 앉았다.

두 사람은 여전히 손을 맞잡고 있었다.

다른 승객에게는 지금도 사쿠타의 모습이 보이지 않는지, 어린 여자애와 함께 있는 그를 이상한 눈길로 쳐다보지 않았다.

전철은 한밤의 해안선을 천천히 달렸다. 그런 전철의 진동이 묘하게 기분 좋았다. 그리고 눈이 점점 감겼다.

아침에 학교에 간 후, 어머니와 카에데를 만나러 갔다. 그리고 2년 동안 살았던 마을로 돌아왔으며, 이제 두 시간이 지나면 오늘이 끝나는 것이다. 피곤한 게 당연했다.

어차피, 사쿠타는 종점인 후지사와역에서 내릴 것이다.

그러니 졸다가 내릴 역을 지나칠 걱정을 할 필요도 없다.

그런 생각이 들자, 의식이 순식간에 꿈속 세계로 빠져들었다.

역에 도착하면, 집으로 돌아가는 길에 편의점에 들르자. 저녁거리를 사서 돌아가자. 이 여자애 몫도 같이……

그리고, 내일이 되면 마이를 만나러 가자.

사쿠타는 머릿속이 멍한 상태에서 마이를 만나러 가자는 생각을 했다.

그 생각을 끝으로, 사쿠타는 그대로 의식의 끈을 놓았다.

하지만, 사쿠타가 탄 전철은 종점인 후지사와역에 도착하지 않았다.

적어도, 사쿠타는 도착하지 않았다.

눈을 떠보니, 사쿠타는 전철 안에 있지 않았다.

그는 따뜻한 침대 안에 누워 있었다.

인기 여배우이자
바니걸 선배
사쿠라지마 마이

국민적 인기 여배우이자,
미네가하라 고등학교 3학년.
사쿠타와는 연인 사이.

제3장

행복한 꿈을 꾸다

1

"······빠."

누군가의 목소리가 들렸다.

"······오빠."

자신을 부르는 목소리일까.

"오빠, 아침이야."

사쿠타는 약간 어리광을 부리는 듯한 그 목소리가 귀에 익었다. 여동생의 목소리다.

그 목소리가 들린 순간, 사쿠타는 정신이 번쩍 들었다. 그리고 반사적으로 몸을 벌떡 일으켰다.

"꺄앗!"

사쿠타가 갑자기 몸을 일으키자, 카에데는 놀란 나머지 그대로 엉덩방아를 찧었다.

"차암, 좀 천천히 일어나면 안 돼?"

카에데는 바닥에 찧은 엉덩이를 「아야야」 하고 말하며 매만진 후, 몸을 일으켰다. 먹이를 입안에 가득 넣은 다람쥐처럼 부푼 볼에는 사쿠타를 향한 불만이 가득 들어 있는 것 같았다. 「부우~」 하고 신음을 흘리며, 아직도 불만 섞인 눈길로 사쿠타를 쳐다보고 있었다.

"······."

사쿠타는 그런 카에데를 침대에 걸터앉은 채 쳐다보았다.

뚫어져라 쳐다보았다.

"오, 오빠…… 왜 그래?"

사쿠타가 아무 말 없이 계속 쳐다보자, 카에데는 그 시선을 견디다 못한 것처럼 그렇게 물었다.

"……카에데, 맞지?"

딱 봐도 카에데가 틀림없지만, 그래도 사쿠타는 물어볼 수밖에 없었다.

"으, 응. 맞아……."

카에데는 그 질문의 의도를 알 리가 없기에, 그저 당혹스러운 표정을 지으며 고개를 갸웃거렸다. 사쿠타가 왜 이러는지 몰라 미심쩍어하면서도, 약간은 걱정하는 눈치로 쳐다보고 있었다.

"내가 보여?"

"오빠, 무슨 소리를 하는 거야?"

카에데는 더욱 영문을 모르겠다는 듯이 미간을 찌푸렸다. 바로 그때, 다른 누군가의 목소리가 들렸다.

"카에데~. 네 오빠, 일어났니?"

방 밖에서 들려온 것은 귀에 익은 목소리였다. 그것이 어머니의 목소리라는 사실을 사쿠타의 뇌가 인식하는 데에는 그리 긴 시간이 걸리지 않았다. 하지만, 인식을 했기에, 도리어 무슨 일이 일어난 것인지 알 수가 없었다.

"어떻게 된 거야……."

사쿠타는 지금 머릿속에 떠오른 생각을 있는 그대로 입에 담았다.

진짜, 뭐가 어떻게 된 것일까.

"카에데~."

어머니의 목소리가 방 밖에서 또 들려왔다.

"오빠가 일어나기는 했는데, 정신을 못 차리는 것 같아~."

카에데는 그렇게 대답하더니, 슬리퍼를 질질 끌며 방에서 나갔다. 물어볼 게 더 있었는데…….

일단 사쿠타는 침대에서 나온 후, 방 안을 둘러보았다.

그곳은 사쿠타의 방이 아니지만, 사쿠타의 방이었다. 후지사와에 있는 맨션이 아니라, 중학교를 졸업하기 전까지 살았던 요코하마의 맨션 주택에 있던 자기 방과 비슷해 보였다. 아니, 틀림없이 그 방이다.

몸을 뒤척일 때마다 삐걱거리는 침대, 그런 침대와 거의 같은 색깔인 공부용 책상, 햇빛에 약간 빛이 바랜 듯한 감색 커튼, 약간 딱딱한 느낌의 회색 카펫…….

침대의 시트와 베개 커버는 새것이지만, 다른 것들은 사쿠타의 기억 속에 존재하는 것과 똑같았다. 가구의 배치 또한…… 그 시절과 똑같았다.

원래라면 반갑게 느껴져야 할 광경이다.

하지만, 사쿠타는 눈곱만큼도 그런 느낌에 사로잡히지 못했다.

"대체 뭐가 어떻게 된 거냐고."

방금 상황에 대한 의문이, 다른 모든 감정을 뒤덮었다.

아무리 생각해도 이상했다.

이 방에서 눈을 뜨기 직전, 사쿠타는 전철 안에 있었다. 시치리가하마역에서 마이를 닮은 여자애와 함께 탄 것을, 똑똑히 기억하고 있었다.

사쿠타가 아무에게도 보이지 않게 되고…… 어머니는 그라는 존재 자체를 망각했다. 그 사실을 눈치채지 못한 채, 태연한 얼굴로 하루하루를 살았던 자기 자신에게 큰 충격을 받았는데…….

마음도 꽤나 가라앉아 있었는데…….

이 영문 모를 상황에 놀란 나머지, 사쿠타의 마음이 가라앉는 것을 완전히 망각하고 말았다.

진짜로 뭐가 어떻게 된 것일까.

꿈이라도 꾸고 있는 것일까.

그렇다면 차라리 이해가 되겠지만, 솔직히 말해 지금 이 상황을 꿈이라고 생각하는 건 어려웠다. 몸의 감각은 이것이 현실이라 호소하고 있었다. 피부를 통해 느껴지는 이 방의 공기도, 향기도, 전부 진짜배기였다. 꿈이라고 생각하고 싶지만 그럴 수가 없었다. 그럼 대체 뭐가 어떻게 된 것일까.

결국, 그런 생각으로 다시 귀결되고 마는 것이다.

사쿠타가 처음 느꼈던 의문에서 전혀 벗어나지 못하고 있을 때…….

"오빠, 빨리 일어나!"

카에데가 방 입구로 다시 돌아왔다.

"아침 먹어야 할 거 아냐."

방 안으로 들어온 카에데는 다짜고짜 사쿠타의 손을 잡아끌었다. 그 감촉도 너무 생생했기에, 이게 꿈이었으면 하는 마음을 저 멀리 밀어냈다.

사쿠타는 영문을 모른 채 카에데와 함께 방을 나섰다. 카에데가 사쿠타를 데려간 곳은 아침 식사가 놓여 있는 직사각형 식탁이었다. 토스트와 달걀 프라이, 샐러드가 식탁에 놓여 있었으며, 전자레인지로 데운 크로켓을 어머니가 들고 있었다. 어젯밤에 먹고 남은 음식 같았다.

카에데는 이미 자리에 앉아 있는 아버지의 맞은편에 앉았다. 그런 카에데의 옆에 사쿠타가 앉자, 마지막으로 어머니가 사쿠타의 맞은편에 앉았다.

가족들이 앉는 자리 또한 예전과 똑같았다. 사쿠타의 가족은 항상 이렇게 식탁에 둘러앉았다. 테이블과 의자의 형태도 기억 속에 존재하는 것과 똑같았다. 이 의자의 감촉을 엉덩이와 등이 기억하고 있다.

"잘 먹겠습니다."

어머니가 그렇게 말하며 두 손바닥을 맞대자…….

""잘 먹겠습니다.""

카에데와 아버지도 뒤이어 그렇게 말했다.

"잘 먹겠습니다."

사쿠타도 덩달아 작은 목소리로 그렇게 말했다.

"엄마. 나, 크로켓을 빵에 끼워 먹을래."

카에데의 말에 어머니는 굽지 않은 식빵을 가지고 와서 크로켓 하나를 통째로 그 사이에 끼워서 카에데에게 건네줬다. 그러자 카에데는 입을 크게 벌리며 그것을 먹었다.

아버지는 태블릿 단말로 신문을 보면서 김이 모락모락 피어오르고 있는 커피를 홀짝였다.

"여보, 식사 중이잖아요."

어머니가 태블릿 단말을 보고 있는 아버지에게 한마디 했다. 그러자 아버지는 순순히 전원을 껐다.

"아빠, 또 엄마한테 혼났네."

카에데가 그렇게 말하자, 아버지는 머쓱한 표정을 지으며 웃음을 흘렸다. 아버지가 이 일련의 분위기 자체를 즐기고 있다는 게 표정을 통해 느껴졌다.

"……"

사쿠타는 꿈이라도 꾸고 있는 듯한 심정으로 가족들의 단란한 아침 풍경을 응시했다.

하지만, 이것은 절대 꿈이 아니다.

감각이 그 사실을 알려주고 있었다.

현실 속에서 일어나고 있는 일이라는 것을, 사쿠타는 자각하고 있었다.

커피에서 피어나오는 향기도 그러했으며, 토스트에 바른 버터가 녹는 느낌 또한 현실 그 자체였다. 이것이 현실이 아니면 대체 무엇이란 말인가.

"사쿠타, 왜 그러니?"

사쿠타가 토스트를 먹지도 않고 멍하니 쳐다만 보자, 어머니가 말을 건넸다.

"……어?"

사쿠타는 그 말을 듣고 고개를 퍼뜩 들었다. 그러자, 맞은편에 앉은 어머니와 시선이 마주쳤다. 어머니는 우유를 잔뜩 넣은 커피를 마시며 「맛있네」 하고 중얼거렸다. 그 눈동자에 사쿠타가 비치고 있었다. 의지를 지닌 눈길로 사쿠타를 응시하고 있다. 어머니가 사쿠타를 쳐다보고 있는 것이다.

"몸이라도 안 좋은 거야?"

"……아냐. 멀쩡해."

사쿠타는 어머니의 시선을 피하듯, 눈을 약간 내리깔았다.

"오빠, 아직 잠이 덜 깬 거 아냐?"

카에데가 그렇게 말했다.

"빨리 밥 먹고 집을 나서야 지각을 안 할 텐데 말이야."

카에데의 뒤를 이어 어머니가 그렇게 말했다.

"……지각? 아직 일곱 시밖에 안 됐잖아."

시계를 보니, 7시 10분을 가리키고 있었다.

"어머나, 진짜로 잠이 덜 깼나 보네."

어머니는 그렇게 말하며 웃음을 터뜨렸다.

"반에는 나가야 지각을 안 하잖니?"

이야기의 흐름을 통해 판단하자면, 방금 그 「반」이란 일곱 시 반을 가리키는 것 같았다.

"아, 응……."

사쿠타는 대충 맞장구를 쳤다.

이곳이 진짜로 전에 살던 맨션이라면, 현재 위치는 바다에서 꽤나 떨어져 있는 요코하마 시내일 것이다. 지각이라는 건 아마 고등학교에 지각한다는 말인 것 같은데…… 대체 사쿠타는 어느 고등학교에 다니고 있는 걸까.

"오빠가 다니는 고등학교는 멀잖아."

"그래……?"

"미네가하라 고등학교는 너무 멀어~."

카에데가 그 이름을 입에 담자, 사쿠타는 약간 안심했다. 자신이 어떤 상황에 처한 건지는 아직 모른다. 하지만, 자신이 어느 고등학교에 다니는지는 알았다. 게다가 그곳이 미네가하라 고등학교라 정말 다행이었다.

"4월부터는 카에데도 거기를 다닐 거니까, 마음 단단히 먹어두렴."

아버지가 그렇게 말했다. 미네가하라 고등학교에 다닌다. 누가……. 바로 카에데가 말이다.

아무래도 이곳에서는 카에데가 미네가하라 고등학교로 진학한 것 같았다.

"역시 가까운 고등학교에 갈 걸 그랬어."

카에데는 아직 통학을 시작하지도 않았는데, 목소리에 지친 기색이 역력했다.

하지만 사쿠타는 그런 것을 신경 쓸 여유가 없었다. 뭔가 여러모로 달라졌다. 하지만 달라지지 않은 것도 있다. 예를 들자면, 사쿠타가 미네가하라 고등학교의 학생이라는 점…….

사쿠타가 알고 있는 환경과 비슷하지만, 다른 점도 많았다. 어머니는 건강했고, 사쿠타를 인식하고 있으며, 함께 살고 있는 것이다……. 게다가 카에데도 마찬가지였다.

가족 네 명이 한집에서 살고 있다. 다 같이 「잘 먹겠습니다」 하고 인사하며 한 식탁에 둘러앉아 아침을 먹고 있다.

사쿠타가 잃어버린 것이 이곳에 존재했다.

그것은 알았지만, 어째서 이렇게 된 것인지는 여전히 알지 못했다. 이 상황이 무엇인지도 여전히 알지 못했다.

"사쿠타, 정말 괜찮니?"

사쿠타가 또 식사를 멈추자, 어머니는 걱정 섞인 표정으로 그를 쳐다보았다.

"……괜찮아."

사쿠타는 토스트를 입에 넣고 우유로 단숨에 밀어 넣은 후, 달걀 프라이도 두 입 만에 먹어치웠다.

"잘 먹었습니다."

사쿠타는 그렇게 말하며 먼저 자리에서 일어났다.

그는 일단 방으로 돌아가서 옷장을 열어보았다. 눈에 익을 대로 익은 미네가하라 고등학교의 교복이 걸려 있었다.

사쿠타는 잠옷으로 쓰는 스웨트 소재 셔츠를 벗었다. 그러자 복부의 흉터가 또 눈에 들어왔다. 옆구리에서 배꼽까지 이어져 있는 새하얀 흉터다. 그것은 지금도 사쿠타의 몸에 남아 있었다. 그리고 기억 또한 이어지고 있다.

"즉, 아직 계속되고 있는 거네……."

아이러니하다는 생각이 들었다. 이 영문 모를 상황 속에서, 이 영문 모를 흉터가 사쿠타에게 현실감을 안겨주고 있는 것이다.

교복 바지를 입고, 와이셔츠의 단추를 잠갔다. 그리고 상의를 걸친 다음, 가방 안에 든 것을 확인한 사쿠타는 방을 나섰다.

"다녀오겠습니다."

사쿠타는 아직 식사 중인 아버지, 카에데, 그리고 어머니를 향해 그렇게 말하며 현관으로 향했다.

"아, 사쿠타. 도시락 챙기렴."

어머니는 허둥지둥 사쿠타를 쫓아왔다.

사쿠타는 신발을 신은 후, 어머니가 내민 도시락 꾸러미를 받았다.

"고마워."

그 말이 사쿠타의 입에서 자연스럽게 흘러나왔다. 그러자, 어머니는 의아하다는 듯이 사쿠타를 쳐다보았다.

"왜 그래?"

"사쿠타한테 고맙다는 말을 들은 게 신기해서 말이야."

"그래?"

사쿠타는 자신이 뭘 잘못했는지 생각하며 어머니에게서 시선을 뗐다. 그러자 어머니는 사쿠타가 멋쩍어하고 있다고 착각한 건지, 빙긋 웃었다.

"그럼, 다녀오겠습니다."

"조심해서 다녀오렴."

"아, 오빠. 잘 갔다 와."

사쿠타는 나스노를 안아 들고 현관으로 온 카에데의 목소리를 등 너머로 들으며, 집을 나섰다. 그리고 불가사의한 감각에 사로잡힌 채 계단을 내려갔다.

건물 밖으로 나간 사쿠타는 맨션을 돌아보았다. 5층 건물의 콘크리트 벽이 눈에 들어왔다. 일정 간격으로 베란다가 설치되어 있는 네모난 이 건조물은 눈에 익었다.

사쿠타가 지금 보고 있는 것은 그가 중학교 3학년 때까지 살았던 맨션이다. 주위는 한산한 주택가다.

개발된 후로 시간이 꽤 흐른 탓에, 발치의 아스팔트는 빛바래 있었다. 하지만, 줄지어 심은 느티나무 가로수는 멋지

게 자라고 있었다.

맨션용 주차장에 이어, 지붕이 달린 자전거 거치소도 눈에 들어왔다. 사람들의 손때를 탄 자전거도 있는가 하면, 녹이 잔뜩 슬어서 이제 아무도 타지 않을 듯한 자전거도 방치되어 있었다.

그 모든 것이 사쿠타의 기억 속에 존재하는 광경과 일치했다.

"진짜 하나같이 뭐가 어떻게 된 거냐고."

3월이 된 후로 뭔가 이상했다.

마이를 닮은 여자애와 만났고, 복부에는 새하얀 흉터가 생겼으며…… 주위에서 자신을 인식하지 못하게 됐을 뿐만 아니라, 이런 상황에도 처하고 말았다.

솔직히 말해, 사춘기 증후군에게 너무 사랑받고 있는 게 아닌가 싶은 생각마저 들었다.

"좀 봐달라고."

푸념을 늘어놓는 것도 당연했다.

"뭘 봐달라는 거예요?"

느닷없이 그런 목소리가 들려오자, 사쿠타는 화들짝 놀랐다. 그리고 뒤편에서 기척이 느껴져서 돌아보니, 아는 이의 얼굴이 눈에 들어왔다.

카에데의 동급생인 카노 코토미였다.

그녀는 운동복 바지와 헐렁한 긴소매 티셔츠 차림이었다.

그 모습을 별생각 없이 계속 관찰하고 있을 때…….

"그냥 쓰레기를 버리러 온 거라서…… 오빠와 마주칠 거라고는 생각 못 했어요. 항상 이런 차림으로 돌아다니는 건 아니니까, 그런 눈길로 쳐다보지 말아주세요."

그녀는 얼굴을 살짝 붉히며 변명을 늘어놓았다.

"집안일을 돕는구나. 카노 양은 참 착하네."

"오빠는 저를 아직 초등학생이라고 생각하는 거죠?"

코토미는 삐친 것처럼 입을 꾹 다물더니, 사쿠타에게 불만을 토했다.

"미안해. 그런 뜻은 아니었어."

"괜찮아요."

코토미는 그렇게 말했지만, 아직 목소리가 퉁명했다. 아직 마음이 풀리지 않은 것 같았다.

"아, 맞다. 카노 양."

"예?"

사쿠타가 분위기를 바꾸려는 듯이 다시 말을 건네자, 코토미는 평소처럼 진지한 표정을 지으며 그를 쳐다보았다.

"카에데 말이야."

"카에데 말이에요?"

"집단 괴롭힘 같은 건……."

상황을 정확하게 알지 못하기 때문에, 일단 애매모호하게 말을 건넬 수밖에 없었다.

"그 후로는 그런 건 전혀 없었어요. 졸업할 때까지 쭉 말이에요."

코토미는 그렇게 말하며 미소 지었다.

"정말이야?"

"예. 전부 오빠 덕분이에요."

"그래?"

사쿠타가 대체 뭘 한 걸까.

"오빠가 방송실을 점거했을 때는 좀 멋있었어요."

"아~, 그 일 말이구나."

사쿠타는 대체 무슨 짓을 저질렀던 걸까. 점거 같은 흉흉한 말도 나왔다.

"카에가 말이죠? 때때로 오빠가 자기 오빠라서 다행이라는 소리를 해요."

"그 말, 나한테는 비밀로 해달라고 하지 않았어?"

"그러니까, 저한테 들었다는 건 카에한테 절대 말하지 마세요."

코토미는 카에데를 흉내 내듯 사쿠타를 살짝 노려보았다. 그 후, 빙긋 웃으면서 다짐을 받았다. 똑 부러지는 줄 알았던 코토미에게는 의외로 이런 깍쟁이 같은 면도 있었다.

"아, 시간 괜찮으세요? 서두르지 않으면 지각할 거예요. 그럼 저는 이만 가볼게요."

코토미는 사쿠타의 시간을 더는 빼앗기 싫다는 듯이, 종종걸음으로 맨션에 들어갔다.

여동생의 친구가 이렇게 신경을 써줬는데 지각을 하는 것도 좀 그럴 것 같다고 생각한 사쿠타는 뭐가 어떻게 된 건지 모르면서도 일단 역을 향해 걸었다. 생각이라면 걸으면서도 얼마든지 할 수 있다.

집에서 가장 가까운 역에서 아침이라 혼잡한 전철로 갈아탄 사쿠타는 오전 여덟 시 즈음에 후지사와역에 도착했다. 오다큐 에노시마 선으로 개찰구를 통과하자, 눈에 익은 역의 풍경이 눈에 들어오면서 묘한 안도감이 느껴졌다. 아침에 집을 나서서 이곳에 왔을 뿐이지만, 사쿠타의 몸은 돌아와야 할 곳으로 돌아온 듯한 감각에 젖어 있었다.

하지만 이곳이 골 지점은 아니다. 미네가하라 고등학교에 가기 위해서는 에노전으로 환승해야만 하는 것이다.

사쿠타는 계단을 통해 이 역사의 2층으로 올라갔다. 그러자…….

"아, 사쿠타."

누군가가 그에게 말을 걸었다.

마침 그의 눈앞을 지나친 이는 사쿠타와 같은 또래로 보이는 금발 여자애였다. 바로 노도카다.

"……여어."

사쿠타는 자신이 노도카와 어떤 관계인지 모르기에, 자연스레 퉁명한 반응을 보였다.

"왜 반응이 미적지근한 건데?"

노도카는 그런 사쿠타를 보더니 언짢은 표정을 지었다.

"삥이라도 뜯기나 싶어서 말이야."

"그딴 짓 안 해!"

"겉모습만 보면 하고도 남을 것 같다고."

"그리고 삥 같은 말은 한물간 지 오래거든?"

그런 줄은 몰랐다. 그러고 보니 사쿠타는 뒷골목에서 「털어서 돈 나오면 10원에 한 대」 같은 소리를 하는 인간을 아직 만나본 적이 없다. 어쩌면 이제는 도시 괴담 같은 걸지도 모른다.

"토요하마, 학교 안 가?"

사쿠타는 아까부터 신경 쓰였던 점을 물어보았다. 노도카는 사복 차림이었다.

"오늘은 재킷 촬영이 있어서 안 가…… 아, 큰일 났다. 전철 들어올 시간이네. 그럼 다음에 봐!"

노도카는 일방적으로 그렇게 말하더니, 뛰어가 버렸다.

"아, 기다려!"

사쿠타는 그런 노도카를 잡으려고 했지만, 그녀는 고개조차 돌리지 않으며 JR의 개찰구 너머로 사라졌다.

"물어볼 게 있는데……."

일단 방금 대화를 통해 자신과 노도카가 아는 사이라는

점은 알았다.

하지만, 가장 중요한 것을 확인하지 못했다.

바로 마이다.

노도카와 알고 지내는 것을 보면, 마이와도 분명 접점이 있을 것이다. 하지만, 중요한 건 마이와 자신이 교제를 하고 있는가, 다.

아무튼 그게 가장 중요하다.

하지만, 노도카가 가버렸으니 여기서 이러고 있어봤자 의미가 없었다. 게다가 사쿠타가 타야 할 전철이 들어올 시간 또한 다 되었기에, 그는 에노전의 플랫폼으로 서둘러 뛰어갔다.

사쿠타가 에노전 후지사와역의 개찰구를 통과해보니, 전철이 플랫폼에 들어와 있었다. 전철의 벨이 울리고 있었기에, 그는 허둥지둥 가장 뒤편에 있는 차량에 탔다. 이 전철을 놓치면 지각하는 게 확실하기 때문이다.

문이 닫힌 후, 전철이 달리기 시작했다. 천천히, 천천히, 몸이 기억하고 있는 전철의 흔들림과 귀에 익숙한 주행음이 기분 좋게 느껴졌다.

에노전의 차량 안에는 사쿠타의 일상이 존재했다.

오늘 아침, 눈을 뜬 후로 비일상이 이어졌다. 사쿠타는 아직 요코하마시에 살고 있었으며, 아버지와 어머니 또한 사쿠타와 한집에서 살고 있었다. 카에데도 같이 살고 있었다.

코토미가 아까 했던 말로 생각해볼 때, 카에데가 집단 괴롭힘을 당한 것까지는 사쿠타의 기억과 일치하는 것 같았다. 달라진 것은 그 다음부터다.

아무래도 이곳에서는 그 집단 괴롭힘이 원인이 되어 사쿠타의 가족이 뿔뿔이 흩어지는 일이 발생하지 않은 것 같았다. 사쿠타가 어떻게든 그 문제를 해결한 것 같았다. 방송실을 점거해서 말이다…….

그래서 어머니가 자녀 양육에 자신감을 잃지도 않았고, 마음에 깊은 상처를 입어서 입원하지도 않았다.

이곳은 그런 세계……인 걸까.

"……말도 안 돼."

사쿠타는 자신의 생각을 부정했지만, 다른 답은 생각나지 않았다. 그렇다면, 받아들일 수밖에 없다. 하지만, 「예, 알았습니다」하고 납득할 수 있을 만큼 간단한 이야기도 아니다.

그래서 사쿠타는 고등학교가 있는 시치리가하마역에 도착할 때까지 계속 생각했다. 생각해봤지만, 다른 답은 떠오르지 않았다.

전철이 역에 도착하자, 사쿠타와 같은 교복을 입은 학생들이 플랫폼에 우르르 내렸다. 사쿠타 또한 그들 중 한 명이었다.

개찰구를 향해 걸어가고 있을 때, 바로 앞 차량에서 아는 이가 내렸다. 쇼트 보브 타입의 헤어스타일을 지닌 작은 체구의 여학생이었다. 바로 코가 토모에다.

　그녀도 사쿠타를 발견한 건지, 「아」 하고 말하는 듯한 표정을 지었다. 그리고 일단 고개를 돌렸지만, 곧 사쿠타의 곁으로 왔다.

　"안녕, 선배."

　"안녕."

　아무래도 이곳의 사쿠타 또한 토모에와 친구 사이가 된 것 같았다.

　"……."

　"……."

　"어, 따로 할 말 없어?"

　사쿠타가 아무 말 없이 토모에 쪽을 쳐다보자, 그녀는 불만이 어린 표정으로 그런 말을 했다.

　"「코가는 오늘도 귀엽네~」 하고 말해줬으면 하는 거야?"

　"그, 그런 뜻으로 한 말 아니거든?!"

　발끈한 토모에는 몸을 쑥 내밀더니, 온몸으로 항의 표시를 했다.

　"그럼 뭔데?"

　"선배가 괜한 소리를 안 하니까, 혹시 몸이라도 안 좋나 싶어서 걱정된단 말이야."

그런 이유로 걱정을 해주니 좀 마음이 복잡했다. 그래도 자기 걱정을 해주는 토모에에게 고맙다는 말은 해야 할 것 같았다.

"그거 참 고맙네."

사쿠타는 교과서 읽는 듯한 목소리로 감사 인사를 건넸다.

"진심이 전혀 느껴지지 않아!"

실제로 진심이 담겨 있지 않으니 당연했다. 하지만 고맙다고 생각하는 것은 사실이니 이해해줬으면 한다.

"그래도 애인이 있는 사람이 다른 여자애한테 「귀엽다」는 소리를 하면 안 돼. 게다가 사쿠라지마 선배가 나보다 더 귀여우니까, 그건 명백한 거짓말이잖아."

그 후에도 토모에는 사쿠타에게 불만을 잔뜩 늘어놓았다. 사쿠타에게 들리도록 말이다.

"뭐~, 내 마이 씨니까 말이야."

아무래도 이곳에서도 사쿠타는 마이와 사귀고 있는 것 같았다. 그 점에는 진심으로 안도했다.

하지만, 솔직히 말해 말도 안 된다는 느낌이 들기 시작했다. 하나부터 열까지 사쿠타에게 유리하게 일이 풀리고 있는 것처럼 느껴졌다.

사쿠타는 그런 생각을 하면서 토모에와 함께 역을 나섰다.

"아, 나나가 저기 있네."

토모에는 10미터 정도 전방을 쳐다보았다. 사쿠타도 그쪽

을 쳐다보니, 토모에의 친구인 요네야마 나나의 뒷모습이
눈에 들어왔다.

"선배, 그럼 저녁때 봐."

"저녁때?"

무슨 약속이라도 한 걸까.

"아르바이트 말이야. 선배도 오늘 저녁에 일하잖아?"

"아~, 그랬지."

사쿠타는 뻔뻔하게 대답했다.

"네 시부터거든? 깜빡하면 점장님이 화낼 거야."

토모에는 사쿠타를 향해 가볍게 손을 흔든 후, 종종걸음
으로 나나를 쫓아갔다. 그리고 나나에게 다가가서 「좋은 아
침」 하고 인사를 건넸다. 그러자 나나도 미소를 지으면서 인
사를 나눴다. 그리고 이야기를 나누더니, 즐거운 듯이 웃었
다. 토모에도, 나나도⋯⋯.

평화롭기 그지없는 아침 통학로다.

다들 평소와 다름없어 보였다. 친구와 만나면 인사를 나
눴고, 시시덕거렸으며, 남학생들끼리는 장난도 쳤다.

그런 주위 사람들을 사쿠타만 은근슬쩍 관찰하고 있었
다. 다들 일상 속에서 일상을 구가하고 있었다. 평소와 다름
없는 아침 풍경은 교문을 통과한 후에도 이어졌다.

다들 이 세계에 의문을 가지고 있지 않았으며, 사쿠타를
제대로 인식하고 있는 것 같았다.

신발장에서 실내화를 꺼내고 있을 때…….

"사쿠타, 좋은 아침."

누군가가 시원시원한 목소리로 사쿠타에게 말을 걸었다.

고개를 들어보니, 눈앞에는 쿠니미 유마가 있었다. 반바지 운동복과 티셔츠 차림이었다.

"좋은 아침. 오늘도 아침 연습이 있어?"

"내일도, 모레도 할 예정이야."

"그건 웃으면서 할 소리가 아니라고."

그것도 저렇게 시원시원한 미소를 지으면서 말이다.

사쿠타는 실내화로 갈아 신은 후, 유마와 나란히 걸었다.

"사쿠타는 오늘도 아르바이트하지?"

"그래."

"몇 시부터야?"

"네 시라더라고."

"마치 남한테 들은 듯한 말투네."

"아까 코가가 가르쳐줬어."

"사쿠타는 코가 양과 사이가 좋구나~."

별것 아닌듯한, 혹은 그렇지도 않은 듯한 대화를 나누면서 두 사람은 계단을 올라갔다. 2학년 교실은 이 건물의 2층에 있다.

계단 중간에 있는 층계참을 U자 모양으로 돌고 있을 때였다.

"아즈사가와 군."

뒤편에서 누군가가 사쿠타를 불렀다.

사쿠타는 상대가 누구인지 생각하면서 고개를 돌렸다. 목소리만으로는 누구인지 분간이 되지 않았다.

"……으음."

사쿠타가 멋쩍은 목소리로 그렇게 말한 것은, 계단 밑에 있는 이가 모르는 여학생이었기 때문이다.

키는 160센티미터 정도로 보였다. 진하고 깊은 느낌이 감도는 흑발은 한 번도 염색을 한 적이 없어 보였다. 그리고 어깨 언저리까지 머리카락을 길렀다. 교복 또한 단정하게 입었으며, 학교 팸플릿에 실어도 될 듯한 완벽한 모습이었다. 온몸에서 성실함이 넘쳐흐르고 있었다. 그런 그녀는 테가 가는 안경의 렌즈 너머로 사쿠타를 올려다보고 있었다.

"오늘, 당번이지?"

그녀는 천천히 계단을 올라왔다. 그리고 사쿠타 앞에 서더니…….

"받아."

……하고 말하면서 반의 일지를 내밀었다.

이 상황에서 받지 않을 수도 없었기에, 사쿠타는 순순히 그 일지를 건네받았다.

"고마워."

또한 일단 고맙다는 말도 해뒀다.

그러자, 그녀는 노골적으로 시선을 피했다.

"곧 벨이 울릴 거야."

빠른 어조로 그렇게 말하더니, 서둘러 계단을 올라갔다. 그리고 복도의 모퉁이 너머로 사라졌다.

"……어이, 쿠니미."

"응?"

"방금 걔는 누구야?"

"뭐? 사쿠타와 같은 반인 아카기잖아? 아카기…… 이쿠미였던가?"

"그래?"

"어이, 무슨 소리를 하는 거야. 괜찮아? 저 애와 중학교 때 같은 반이었다고, 사쿠타가 나한테 가르쳐줬잖아."

"아~, 그랬구나."

사쿠타는 유마의 말을 듣고 약간 놀랐지만, 표정에 드러나지 않도록 시치미를 뗐다.

"사쿠타, 진짜로 괜찮은 거야?"

"나는 언제나 이런 느낌이잖아?"

사쿠타는 유마에게 괜한 추궁을 당하기 전에 교실을 향해 걸음을 옮겼다. 머릿속으로는 아까 만났던 여학생…… 아카기 이쿠미에 대해 생각했다.

사쿠타가 기억하는 미네가하라 고등학교에는 없었던 존재다.

원래 사쿠타가 미네가하라 고등학교에 들어간 것은 집 근처에 있는 공립 고등학교에 다니고 싶지 않았기 때문이다. 카에데가 집단 괴롭힘을 당하면서 많은 것들이 망가져버렸고, 사쿠타의 교우 관계 또한 전부 박살이 났다.

그래서 중학생 때 동급생이 한 명도 없는 이 미네가하라 고등학교로 진학한 것이다.

하지만, 이 영문 모를 세계에서는 중학교 때 동급생이 이 고등학교에 다니고 있었다. 게다가 같은 반이라고 한다.

아카기 이쿠미.

사쿠타는 머릿속으로 그 이름을 읊조렸다.

확실히 중학교 때 같은 반에 있었던 것 같기도 했다.

3학년 때만 같은 반이었던 여학생이다. 그녀가 학급 반장이었던 것으로 기억한다. 아니, 선도 위원이었을까. 아무튼, 그런 느낌의 여자애다.

남자애들과 접점이 있는 타입이 아니며, 오히려 이성에게 신경질적인 반응을 보였던 것도 생각났다. 당연히 반에서도 돋보이는 존재가 아니었다. 하지만, 돋보이지 않기 때문에 돋보이는…… 그런 여학생이었다.

"어이, 사쿠타."

복도를 걷던 유마가 기묘한 표정으로 사쿠타에게 말을 걸었다.

"아카기 양 말인데……."

유마는 말을 이으려다 말끝을 흐렸다.

"왜 그래?"

"아, 눈치 못 챘으면 됐어."

"뭐?"

바로 그때, 조례 시간이 되었다는 것을 알리는 벨이 울렸다.

"아, 벨이 울렸네. 그럼 가볼게."

유마는 자신의 교실을 향해 뛰어갔다. 그런 유마를 쳐다보면서 「뭐, 나비효과 같은 거겠지」 하고 사쿠타는 중얼거렸다.

사쿠타의 가족이 다 함께 살고 있을 정도니, 중학교 시절의 같은 반 애가 미네가하라 고등학교에 다니는 것 정도는 이상한 일이라고 할 수 없……을지도 모른다.

2

2학년 1반 학생은 딱히 달라지지 않았다.

다들 사쿠타가 아는 이들이었다.

차이점은 아카기 이쿠미가 이 반에 속해 있다는 점뿐이다.

교실 안에서의 사쿠타의 지위 또한 변화가 없었다. 유마의 애인인 카미사토 사키에게는 미움을 받고 있으며, 다른 같은 반 애들도 사쿠타와 거리를 뒀다.

그 이유 또한 한나절 동안 이 교실에서 지내다 보니 얼추 짐작이 됐다.

바로 중학교 때 교내에서 일어난 『병원행 사건』에서 유래

하고 있었다. 그 내용은 오늘 아침에 코토미가 언급한 『방송실 점거 사건』으로 바뀌어 있었다. 사건이 부풀려지면서, 교사를 병원에 보낸 걸로 된 것 같았다. 그리고 그 일이 전교생에게 알려졌다…… 같은 느낌이다.

덕분에 사쿠타에게 일부러 말을 거는 학생은 없었고, 그는 여전히 교실 안에서 외톨이였다. 지금 상황에서는 상대방의 이야기에 맞춰주는 것도 힘드니, 남들이 말을 걸어오지 않아서 다행이라는 생각이 들었지만…….

하지만 그런 사소한 문제는 피할 수 있더라도, 근본적인 문제는 전혀 해결되지 않았다. 학교에 왔다고 해서 어째서 이런 상황이 벌어진 것인지 알 수 있을 리가 없으며, 그 실마리 또한 찾지 못했다.

혼자서는 두 손 두 발 다 들었기에, 사쿠타는 4교시가 끝나자마자 물리 실험실로 향했다.

토모에, 유마와도 잘 지내고 있는 걸 보면 분명 리오와도 건전한 교우 관계를 쌓고 있을 것이다.

감사하게도, 그 예상은 정확하게 적중했다.

사쿠타는 실험 테이블을 사이에 두고 리오와 마주 앉은 후, 오늘 아침에 어머니에게 받은 도시락을 꺼내면서 자신이 처한 상황을 솔직하게 그녀에게 이야기했다.

마이를 닮은 어린 여자애와 만났다.

복부에 정체불명의 흉터가 생겼다.

이곳과 비슷하지만, 약간 다른 세계에서 사쿠타는 살고 있었다.

그리고, 떨어져서 지내던 어머니를 오래간만에 만나러 갔다.

다음 날, 다른 사람들이 사쿠타를 인식하지 못하게 됐다.

또한 마이를 닮은 어린 여자애와 또 만났으며…… 정신을 차려보니 평소와 다른 세계에서 눈을 떴다…….

사쿠타는 일단 전부 이야기했다.

뭐가 어떻게 된 건지 영문을 모르겠으니 도와달라고도 말했다.

이 상황에 대한 리오의 견해를 듣기 위해서 말이다. 이 상황에서 벗어나기 위해서이기도 했다.

리오는 당면 컵라면을 다 먹고, 식후의 커피를 한 모금 마신 후…….

"일단 병원에 가보지 그래?"

……하고 진지한 표정으로 말했다.

"나는 멀쩡하거든?"

"방금 이야기를 종합적으로 판단하자면, 아즈사가와의 머리는 정상이 아냐."

"나는 진실만 말했다고."

사쿠타는 진지한 표정으로 리오에게 호소를 하면서, 마지막으로 남겨둔 닭튀김을 먹었다. 간장 베이스로 짭조름하게

간이 적당히 되어 있어서 맛있었다.

"방금 그 이야기가 전부 사실인 걸로 친다면…… 아즈사가와가 말한 대로일지도 모르겠네."

"그렇다면……."

"아즈사가와는 지금까지 『A』라는 가능성의 세계에 있었어. 그리고 지금은 이쪽, 즉 『B』라는 가능성의 세계에 온 거야."

리오는 검은색 매직으로 『A』라고 적은 비커와 『B』라고 적은 비커를 실험 테이블 위에 뒀다. 처음에는 『A』 비커에 들어 있던 실험용 막대를 『B』로 이동시켰다. 저 두 비커가 세계이며, 막대가 사쿠타라는 의미이리라.

"상담 상대가 되어준 사람한테 할 말은 아니지만, 후타바야말로 제정신이야?"

리오는 정신이 나간 사람이나 할 법한 소리를 입에 담았다.

"이건 아즈사가와의 헛소리를 믿는다는 가정 하에서의 고찰이니까, 나는 멀쩡해."

리오는 사쿠타가 정상이 아니라고 돌려서 말했다.

"그리고 과거와 미래를 포함한 온갖 가능성의 세계는 항상 곁에 존재한다는 양자역학적인 해석도 존재하거든."

"하지만, 보통은 인식할 수 없잖아?"

이것은 예전에 건너편 세계의 리오에게서 들었던 이야기다.

"겹쳐져서 존재하기 때문에 인식할 수 없다. 인식하더라도, 인간의 상식은 그것을 무의식적으로 부정할 수 있다. 보통은 그렇게 되는 게 정상이야."

보통은 말이지, 하고 말한 리오는 명확한 의도가 담긴 시선을 사쿠타에게 보냈다.

사쿠타는 자신이 특별하다거나, 비정상적이라고 생각하지 않는다. 그저 쇼코와 만나면서, 그런 것을 접할 기회가 생겼다. 경험할 기회가 생겼을 뿐이다.

사쿠타가 목숨을 잃는 세계도 있는가 하면, 마이가 사고를 당하는 세계도 있었다. 그런 가능성의 세계를, 알고 있을 뿐인 것이다…….

그렇게 생각해보면, 이 장소 또한 쇼코가 본 미래 중 하나일지도 모른다. 쇼코가 보면서 존재가 확정된 세계인 것이다. 사쿠타는 그런 세계에 지금 흘러들어온 것뿐이다. 그렇게 생각하자, 사쿠타도 납득이 됐다. 자신이 처한 상황에 맞춰 하나의 세계가 탄생했다고는 도저히 생각할 수 없었기 때문이다.

"하지만, 진짜로 그 가능성의 세계라는 건 동시에 여러 개가 존재할 수 있는 거야?"

차라리 이것이 사쿠타가 꾸는 꿈이라는 편이 납득이 될 것 같았다. 사쿠타도 그 정도의 상식은 가지고 있었던 것이다.

"인식을 할 수 있는 아즈사가와에게는 존재하고, 인식을 할 수 없는 나에겐 존재하지 않는다는 해석이 옳을지도 몰라."

리오의 대답은 명확했다. 처음부터 끝까지 일관됐다. 양자

역학적으로······라는 의미에서 말이다.

"그렇구나. 그럼 어떻게 하면 원래 세계로 돌아갈 수 있을까?"

사쿠타는 『B』라 적힌 비커에 들어 있는 막대를 꺼내서, 『A』라 적힌 막대에 넣었다.

"그건 아즈사가와가 하기 나름 아닐까?"

"······."

"아즈사가와도 알고 있잖아?"

"뭐······."

자각을 하지 못한 것은 아니다. 리오의 설명을 듣고, 이것이 자신에게 일어난 사춘기 증후군이라면, 그 이유 또한 충분히 짐작이 됐다.

바로 어머니다.

"어이, 후타바는 자기 어머니를 어떻게 생각해?"

"······응?"

리오는 이런 질문을 받을 거라고는 생각하지 못한 건지, 약간 놀란 것처럼 눈을 치켜떴다. 그리고 진의를 파악하려는 듯이 사쿠타의 눈동자를 안경 너머로 지그시 응시했다.

사쿠타와는 상황이 다르지만, 리오의 가정 또한 부모 자식 간의 관계가 꽤 독특했다. 대학병원에 다니며 파벌 다툼에 빠져 지내는 아버지와 해외 의류 브랜드숍을 경영하며 1년 중 대부분을 해외에서 보내는 어머니······.

외동딸인 리오는 항상 넓은 집에서 홀로 지냈다. 최근 몇 년 동안은 가족 셋이 모여서 식사를 한 적이 없다고 일전에 말했었다.

그렇기 때문에, 리오는 작년 여름에 고독을 견디다 못해 사춘기 증후군에 걸리고 말았다. 그리고 사쿠타는 그 당시에 리오의 가정사에 대해 알게 됐다.

"나는……."

리오는 머그컵 안에 든 내용물을 쳐다보면서 생각에 잠겼다. 적당한 말을 찾고 있다는 것은 그녀의 표정만 봐도 알 수 있었다.

"내 어머니는 말이지? 엄마가 되는 것을 거부한 사람이라고 생각해."

리오는 담담한 표정으로 그렇게 말하면서 커피를 한 모금 마셨다.

그 말의 진의까지는 이해하지 못한 사쿠타는 묵묵히 그녀가 설명을 이을 때까지 기다렸다.

"부모가 되면, 생활이 자식을 중심으로 돌아가게 될 거야."

리오는 실감을 동반하지 발언을 하기 때문인지, 애매한 표정을 지었다.

"뭐, 그럴 거야."

맞장구를 친 사쿠타 또한 비슷한 표정을 지었다. 부모로 산다는 것을 아직 경험해보지 못했기에 알지 못하는 것이다. 하지만 알고 있는 것도 있었다. 리오가 그런 것을 이야기하려 한다는 것을 사쿠타는 눈치챘다.

"아이가 중심인 환경에서, 어머니는 이름으로 불리는 일이 없어지잖아?"

"그게 무슨 소리야?"

"『사쿠타 군의 엄마』, 『카에데 양의 엄마』라고 불리게 된다는 거야."

"아하."

사쿠타는 그 말을 듣고 납득했다.

"바로 그…… 『리오 양의 엄마』라는 입장을 받아들이지 못한 사람이 내 어머니야. 나를 기르는 것을, 자기 인생의 중심으로 삼지 않은 사람이지. 좋게 말하자면, 육아를 이유로 자신이 하고 싶은 일을 포기하지 않은 여성이라고 생각해."

말을 골라가면서 이야기를 하고 있는 리오의 태도는 마치 남의 일을 이야기하는 것 같았다. 그리고 그 객관적인 해석에, 사쿠타는 납득했다. 리오가 아까 입에 담았던 「어머니가 되는 것을 거부한 사람」이라는 말의 의미도 이제야 이해했다.

"그것도 인생을 살아가는 방식 중 하나라고 생각해."

"나름대로 생각을 정리했나 보네."

"그렇게 생각할 수 있게 된 건, 아즈사가와와 쿠니미 덕분이야."

리오의 얼굴에 떠오른 감정은 체념과는 약간 다른 것처럼 느껴졌다. 자기 나름대로 받아들이고 있다는 납득에 가깝게 느껴졌다. 전부 다는 아니지만, 조금씩 받아들이고 있다는 실감이, 그녀의 얼굴에 드러나고 있는 것처럼 느껴졌다.

"정확하게는, 쿠니미와 내 덕분인 거지?"

사쿠타가 순서를 바꾸며 그렇게 말하자, 리오는 차가운 눈길로 그를 노려보았다. 사쿠타는 그 눈빛을 눈치채지 못한 척하면서 은근슬쩍 시선을 피했다.

"그러니까, 아즈사가와도 빨리 선택을 해."

"선택?"

"아즈사가와답게, 건너편 세계로 돌아가서 최선을 다할 건지……."

"그게, 나다운 행동이야?"

"아니면, 패배자로서 이 세계에 남을 건지를 말이야."

"말이 너무 심하네."

"상황만 보자면, 아즈사가와는 도망친 거잖아? 자신에게 안락한 가능성의 세계로 말이야."

"이래 봐도 나 지금 꽤 힘들어 하고 있으니까, 좀 상냥하게 대해달라고."

"충분히 상냥하게 대해주고 있거든?"

"그래?"

"내가 쿠니미 때문에 고민하고 있을 때, 아즈사가와는 눈곱만큼도 상냥하게 대해주지 않았잖아."

리오답게 지당하기 그지없는 이유였다. 그 말을 들으니 대꾸를 할 수가 없었다.

"역시 등을 떠밀어주는 친구만큼 소중한 건 없다니깐."

진심으로 그렇게 생각한다.

이렇게 듣는 이가 의욕을 낼 수 있을 만한 말도 해주니까 말이다.

바로 그때, 위잉~, 위잉~ 하고 낮은 진동음이 들렸다. 리오는 개의치 않으며 커피를 홀짝였다.

"후타바, 전화 왔어."

눈치채지 못했을 것 같지는 않지만, 일단 알려주기로 했다.

"내가 아니라 아즈사가와한테 온 거야."

"뭐?"

"확인해봐."

리오는 비커에서 막대를 꺼내더니, 그것으로 사쿠타의 가방을 가리켰다.

가방에 달린 호주머니에 스마트폰이 들어 있었다. 그 스마트폰이 진동하고 있었다.

"맙소사."

아무래도 이 세계의 사쿠타는 스마트폰을 가지고 있는 것 같았다. 카에데를 집단 괴롭힘에서 구해준 덕분에, 스마트폰을 바다에 던져버릴 기회를 잃은 것이리라.

화면을 보니, 『마이 씨』라고 표시되어 있었다.

"예. 마이 씨의 사쿠타예요."

『왜 이렇게 늦게 받은 거야?』

마이는 무턱대고 화를 냈다. 하지만 그것은 마이다운 태도였으며, 순식간에 그녀와 이야기를 나누는 감각이 사쿠타의 마음속에서 되살아났다. 가슴속이 약간 들떴다. 온몸의 세포가 활기를 띠는 것만 같았다.

"1초라도 빨리 제 목소리가 듣고 싶었어요?"

『그래.』

사쿠타는 이야기를 약간 돌리면서 이 대화를 즐길 생각이었지만, 마이는 그의 말을 주저 없이 긍정했다. 그 짤막한 대답에는 웃음기가 어려 있었으며, 또한 사쿠타를 놀리려하는 여유조차 느껴졌다. 그런 점 하나하나가 바로 사쿠타가 사랑하는 마이 그 자체를 형성하고 있었다. 어제부터 만나고 싶었던 마이가 이 전화 너머에 있는 것이다.

『사쿠타, 지금 뭐 하고 있어?』

"물리 실험실에서 점심을 먹고 있어요."

『거기, 식사를 해도 되는 곳이야?』

"식후 커피가 제공되는 멋진 장소죠."

마침 리오는 비커 안에 남아 있는 온수에 인스턴트커피 가루를 넣고 있었다. 투명하던 물이 점점 갈색으로 변하더니, 곧 검은색으로 물들었다.

『오늘, 아르바이트를 한다고 했지?』

"예."

『몇 시부터 해?』

"네 시부터예요."

칠판 위의 시계를 보니, 지금은 1시 15분이었다. 학교에서 아르바이트를 하는 패밀리 레스토랑까지는 30분 정도 거리니 시간적으로 꽤 여유가 있었다.

『그럼 들렀다 갈래?』

"어디에요?"

『우리 집.』

"마이 씨와 러브러브할 수 있다면 얼마든지 갈게요."

『내년 수험을 위해 공부를 가르쳐줄게.』

"바니걸 차림으로 가르쳐준다면 갈지도 몰라요~."

『그런 건 옛날 옛적에 버렸어.』

"어~, 너무해~."

맙소사. 이 세계의 사쿠타는 마이에게 바니 의상을 받지 못한 것 같았다. 맞은편 맨션에 살고 있지도 않으니, 그럴 기회 자체가 없었던 걸지도 모른다. 정말 아쉽다.

『그런데, 올 거야? 말 거야?』

"으음~, 후타바와 할 이야기가 있으니까 오늘은 안 갈래요."

『그래?』

마이는 의외라는 반응을 보였다. 실험 테이블을 사이에 두고 마주 앉은 리오도 비슷한 반응을 보였다. 약간 눈을 치켜뜨더니, 신기한 동물을 보는 눈길로 사쿠타를 응시했다. 그리고 리오는「사쿠라지마 선배의 제안을 거절하다니, 역시 돼지 꿀꿀이네」하고 사쿠타에게 들리도록 말했다.

"미안해요, 마이 씨."

『사과할 일은 아니잖아?』

"그럼 고마워요."

『고마워할 일도 아니거든?』

"그럼 좋아해요."

『그건 알아.』

"사랑해요."

『하아, 전화 끊을게.』

약간 어이없다는 듯한 발언을, 약간 멋쩍어하는 투로 말한 마이는 진짜로 전화를 끊었다.

사쿠타가 스마트폰을 가방 호주머니에 집어넣었을 때…….

"어느 세계에서나, 아즈사가와는 거짓말쟁이네."

……하고, 리오가 말했다.

사쿠타는 일단 리오가 끓여준 커피를 마셨다. 인스턴트이기는 하지만 맛은 커피였고, 향기 또한 커피였다. 익숙해지니 비커로 커피를 마시는 것도 신경 쓰이지 않았다.

"내가 마이 씨를 사랑하는 건 사실이라고."

리오가 다른 것을 지적했다는 건 알고 있다. 하지만, 사쿠타는 일부러 모르는 척했다.

"이러니까 거짓말쟁이라는 거야. 그냥 순순히 데이트든 뭐든 하러 가면 되잖아."

"만났다간 결심이 흐트러질 거야."

"어떤 결심 말이야?"

리오는 뻔히 알면서 그렇게 되물었다. 사쿠타가 자신의 생각을 말로 옮기기 편하도록 도와주고 있는 것이다.

"지금 마이 씨를 만난다면, 이대로 이 세계에서 행복하게 사는 것도 괜찮지 않을까~ 하고 생각할 게 뻔해."

도망치는 것에 익숙해진 나머지, 이곳에서 도망치지 못하게 될 거라고 생각한다. 아무렇지도 않게, 이 세계에 빠져들고 말 것이다.

그것이 나쁘다고 생각하지는 않지만, 그런 사쿠타는 사쿠타가 되고 싶은 사쿠타가 아닌 것이다.

지금 마이와 통화를 하면서, 마이라는 존재를 더욱 강렬하게 의식하게 됐다. 빨리 돌아가서, 마이를 만나고 싶다는 열망을 느꼈다.

그러니, 돌아가야만 한다. 돌아가고 싶다.

소중한 약속을 한 마이의 곁으로…….

"하지만, 어떻게 돌아갈 생각이야?"

리오는 그런 소박한 질문을 담담하게 던졌다.

"어떻게 하면 좋을까?"

사쿠타는 그 질문을 그대로 되물었다. 마음은 정리했지

만, 가장 중요한 점을 아직 알아내지 못했다.

"이곳에 올 때와 반대로 해서 돌아갈 거면, 사쿠라지마 선배를 닮았다는 그 어린 여자애를 찾을 수밖에 없을걸? 미아가 된 아즈사가와를 이 세계로 데려온 사람이 바로 그 여자애라면 말이야."

"뭐, 그렇게 되겠지."

"찾을 방법은 있어?"

"없지는 않아."

있다고 단정 지을 수는 없지만…… 그곳에 가면 만날 수 있을 것 같은 느낌이 들었다. 그 여자애는 지금까지 세 번 만났다. 첫 번째는 꿈속에서, 그리고 두 번째와 세 번째는 시치리가하마의 해변에서 만났다. 첫 번째 꿈에 나타난 장소 또한 시치리가하마의 해변이었다.

확신을 가질 수는 없지만, 사쿠타가 바란다면 만날 수 있을 듯한 예감이 들었다. 이것이 사쿠타가 일으킨 사춘기 증후군이라면…… 만날 수 있을 듯한 느낌이 들었다.

사쿠타는 텅 빈 도시락을 가방에 넣었다.

그리고 커피를 전부 마신 후…….

"잘 마셨어."

……하고 말하면서 자리에서 일어났다.

"아즈사가와."

밖으로 나가려 하는 사쿠타를, 리오가 불러 세웠다. 사쿠타를 올려다보는 리오의 눈에는 불안이 어려 있는 것처럼 보였다. 하지만, 그 이유까지는 알 수 없었다.

"왜?"

그래서, 사쿠타는 리오에게 재촉을 하듯 그렇게 말했다.

"가능성의 세계를 오간다고 하는 사춘기 증후군의 논리 자체는 나름대로 납득이 되기는 해. 한 번이라도 가능성의 세계를 인식해버리면, 다음에는 그걸 반복하면 되거든. 복부의 상처도, 아즈사가와의 심정적인 부분에서 유래된 것이라고 생각할 수는 있어. 전례도 있잖아."

말과는 달리, 리오의 표정은 전혀 개운해 보이지 않았다. 납득이 되지 않는 부분이 있다는 게 확연하게 느껴졌다.

"그럼 뭐가 신경 쓰이는 건데?"

"내가 먼저 말을 꺼내놓고 이런 소리를 하는 것도 좀 그렇지만, 사쿠라지마 선배를 닮았다는 그 여자애라는 존재는 논리적으로 연결이 되지 않아."

사쿠타 또한 이 상황 속에서 그 점만은 본능적으로 느끼고 있었다. 연이어 불가사의한 일이 일어났기 때문에 전부 이어져 있는 듯한 느낌이 들었지만, 어쩌면 전부 별개의 일일지도 모른다……. 당사자이기에, 그런 예감 같은 느낌이 사쿠타의 마음속에서 싹트고 있었다.

리오의 말은 사쿠타가 받은 느낌을 정확하게 짚고 있었다.

─연결이 되지 않는다.

"마이 씨를 향한 내 사랑이 넘쳐났다는 걸로 납득하고 넘어가 줘."

논리적으로는 전혀 맞지 않았다. 리오가 그런 말에 납득할 리가 없다. 하지만, 아무 말도 하지 않는 것보다는 나을 거라는 생각이 들었다. 사쿠타의 그런 뚱딴지같은 배려에, 리오는 어이없다는 듯이 웃어줬으니까⋯⋯.

"내일부터는, 원래의 나를 잘 부탁해."

"이런 소리를 해놓고, 내일 또 상의를 하러 오지는 마."

"그렇게 되면, 오늘보다 더 비웃어줘."

가방을 멘 사쿠타는 마치 내일 다시 만날 듯한 어조로 「그럼 가볼게」하고 말한 후, 물리 실험실을 빠져나갔다.

아마 내일도 리오를 만날 것이다. 이 세계의 사쿠타가, 이 세계의 리오와 말이다. 그리고 사쿠타는 원래 세계의 리오를 만나게 될 것이다. 그래야만 한다. 그렇게 되어야만 하는 것이다.

3

건물 입구로 이어지는 복도에는 아무도 없었다. 오늘 수업은 오전에 끝나기에, 교내에 남아 있는 학생은 거의 없었다.

운동장에서 운동부의 목소리가 이따금 들려왔고, 멀찍이서 관현악부의 악기 소리가 들려오기만 했다. 방과 후다운 방과 후의 분위기다.

그러니, 이제 아무도 없을 거라고 사쿠타는 생각했다.

신발장 앞에서, 한 여학생과 마주칠 때까지는…….

"……."

실내화를 손에 든 아카기 이쿠미는 경계심이 어린 듯한 눈동자로 사쿠타를 쳐다보았다.

"……."

사쿠타 또한 일단 침묵으로 답했다.

말을 걸어도 괜찮을까. 그걸 알 수가 없었다.

고민을 한 결과, 우선 신발장에서 신발을 꺼내서 바꿔 신었다. 그리고 벗은 실내화를 신발장 안에 넣었을 때…….

"일지 말인데, 내가 교무실에 가져다 뒀어."

이쿠미가 사쿠타를 쳐다보지도 않으며 그렇게 말했다.

"뭐?"

"교탁 위에 덩그러니 놓여 있었거든."

"그거, 거기 두면 되는 거 아냐?"

"봄 조례 때, 이제부터는 일지를 담임에게 제출하라는 말을 들었잖아?"

"그랬구나. 미안해. 그리고 고마워."

"뭐, 괜찮아……."

이쿠미는 사쿠타를 힐끔 쳐다본 후, 밖으로 나갔다 사쿠타도 함께 밖으로 나갔다. 이미 신발도 갈아 신었으니, 이곳에 멍하니 있는 것도 좀 그랬다.

이쿠미는 교문을 향해 걸음을 옮겼다. 사쿠타 또한 그녀와 나란히 걸었다.

"아카기는 아무렇지도 않나 보네."

아직 「아카기」라는 호칭이 입에 익지 않았다. 중학생 때도 거의 부른 적이 없는 이름이다. 그리고 사쿠타는 그 호칭에 익숙해지기 전에 이 세계를 떠날 것이다. 그편이 이 세계를 위해서도 나았다.

"뭐가?"

"나한테 말을 거는 거 말이야."

다른 애들은 사쿠타와 거리를 두고 있었다.

"나는 그 소문이 거짓이라는 걸 알거든."

이쿠미는 발치를 확인하며 태연히 걸음을 옮겼다. 사쿠타를 의식하지 않으려고 의식하는 분위기가 느껴졌다. 그것은 기분 탓이 아니리라. 남자애와 나란히 걷는 것에 익숙하지 않은 것 같았다. 그런 의식을 자의식으로서 지니고 있는 것이다…….

"그런데, 왜 미네가하라 고등학교로 진학한 거야?"

미네가하라 고등학교와 비슷한 학업 수준의 공집 고등학교라면 사쿠타와 이쿠미가 다녔던 중학교 인근에도 있었다. 요코하마시는 학교가 많으니, 선택지는 꽤 다양했을 것이다.

그러니 등교하는 데 한 시간 이상 걸리는 고등학교로 진학할 이유는 없으리라.

교문을 나선 직후, 이쿠미는 걸음을 멈췄다. 경고음이 들리더니, 건널목의 차단기가 내려갔다.

"……."

이쿠미는 대답을 하지 않았다. 혹시 괜한 질문을 한 것일까. 아니면, 자신이 사쿠타에게 말을 거는 건 괜찮지만, 사쿠타가 자신에게 말을 거는 상황은 괜찮지 않다…… 같은 난해한 이유라도 있는 걸까.

건널목 앞에서 전철이 지나가기만 기다리고 있는 이는 사쿠타와 이쿠미뿐이다.

"……."

"……."

시끌벅적한 경고음이 울려 퍼지고 있지만, 두 사람 사이에는 무거운 침묵만이 존재했다.

"저기, 경보기의 램프와 이 시끌벅적한 경고음이 동시에 작동하지 않는 이유를 알아? 그건 두 장치를 연동시키지 않아서, 한쪽이 고장 나더라도 다른 쪽이 작동하도록 하기 위해서래."

일전에 리오와 함께 하교를 하면서 별생각 없이 물어봤더니, 그런 대답을 들었다. 리오는 건널목에 대해서도 잘 아는 것 같았다.

"아즈사가와 군……."

전철이 건널목을 지나갔다. 그 사이, 뭔가 할 말이 있는 것 같던 이쿠미는 끝내 입을 열지 않았다. 머뭇거리다 입을 다물더니…… 전철이 지나간 후에도 결국 입을 열지 않았다.

이윽고 경고음이 멎더니, 차단기가 올라갔다.

"……별말 아니니까, 그냥 잊어줘."

이쿠미는 시선을 피하려는 것처럼 고개를 숙이더니…….

"나, 저 전철을 탈 거야."

……하고 말하며 뛰어갔다. 점점 속도를 높이며, 역으로 향했다. 달리는 폼이 정말 깔끔했다.

이쿠미를 불러 세울 틈이 없었던 건 아니지만, 그러지 않는 편이 좋을 거라고 생각했다. 말은 하지 않았지만, 이쿠미의 눈동자에는 어떤 명확한 감정이 어려 있는 것처럼 느껴졌으니까……. 말이 아니라 눈빛을 통해, 강렬하게 호소하고 있었다.

"오늘 아침에 쿠니미가 하려다 말았던 말이 뭔지 알겠네."

이 세계의 사쿠타는 정말 유능한 것 같았다. 집단 괴롭힘을 당하는 여동생을 구했고, 가족이 뿔뿔이 흩어지는 것을 막았으며, 편도 한 시간 거리인 미네가하라 고등학교에 매일같이 다니고 있다. 물론, 마이와 교제를 하고 있을 뿐만 아니라, 이쿠미도 저런 반응을 보인 것이다.

솔직히 말해, 사쿠타의 뜻대로 전부 다 되는 망상의 세계라는 편이 납득이 될 지경이다. 자신에게 이런 가능성이 존재했다는 것을, 솔직히 말해 받아들일 수가 없었다.

이래서야, 지금의 사쿠타는 실패작이나 다름없다고나 할까…….

홀로 남겨진 사쿠타는 천천히 건널목을 지나갔다.

실패작이라면, 실패작이라도 상관없다. 실패작 나름대로 최선을 다해 살아가면 된다.

사쿠타는 가방에 달린 호주머니에서 스마트폰을 꺼내더니, 주소록에서 어떤 번호를 찾았다.

그리고 그는 역이 아니라 눈앞에 펼쳐져 있는 바다를 향해 곧장 나아갔다.

완만한 내리막길을 천천히 걸으면서 사쿠타가 전화를 건 곳은 바로 집이다. 오늘 아침, 「다녀오겠습니다」 하고 말하며 나섰던 집 말이다. 가족 네 명이 사이좋게 살고 있는 바로 그 집 말이다.

신호음이 들렸다. 한 번, 두 번, 세 번 울렸는데도 연결이 되지 않았다.

어머니, 그리고 봄 방학 중인 카에데는 집에 있을 텐데, 신호음이 다섯 번이나 울렸는데도 전화를 받지 않았다. 어쩌면 시장이라도 보러 간 걸지도 모른다.

그런 생각이 머릿속을 스친 직후, 신호음이 끊겼다.

"사쿠타, 무슨 일이니?"

전화가 연결되자, 수화기에서는 어머니의 의아한 목소리가 들렸다. 「예」나 「여보세요」가 아닌 것을 보면, 발신자표시를 통해 전화를 건 상대가 사쿠타라는 것을 알았으리라.

어머니와 통화를 하고 싶어서 전화를 걸었지만, 이렇게 상대가 전화를 받자 사쿠타는 그대로 긴장에 휩싸였다.

"아, 별일 있어서 전화한 건 아냐."

어찌어찌 목소리를 쥐어짜 내서, 첫 한 마디를 건넸다.

"그래?"

"오늘 아르바이트 때문에 늦게 귀가할 거라는 말은 했어?"

그것은 미리 준비해뒀던 말이 아니다. 어머니의 목소리를 듣고 자연스레 평범한 화제가 입에서 나왔을 뿐이다. 어머니의 태도가 평범했기 때문에, 사쿠타 또한 평범하게 행동할 수 있었다.

"그 말이라면 어젯밤에 들었단다."

"그랬어?"

"응. 그래서 도시락을 싸준 거잖니."

사쿠타가 어제 일을 기억 못 하는 듯한 반응을 보이자, 어머니는 난처한 듯이 웃음을 흘렸다. 비아냥거리는 느낌은 전혀 없었다. 못 말린다는 듯이 미소 짓고 있는 느낌이었다.

"맞아, 그랬지."

사쿠타 또한 덩달아 웃음을 흘렸다. 얼버무리는 듯한 느낌의 웃음을 말이다.

"아직 잠이 덜 깬 거니?"

어머니는 오늘 아침의 일을 언급하며 또 웃음을 터뜨렸다.

"그럴지도 몰라."

"볼일은 그것뿐이야?"

딱히 볼일이 있어서 전화한 것은 아니다. 그저, 어머니에게 해야만 하는 말이 있는 듯한 느낌이 들었다. 이 세계를 떠나기 전에, 원래 세계로 돌아가기 위해, 항상 피하기만 했던 어머니와 마주할 필요가 있다고 사쿠타는 생각한 것이다.

"도시락, 전부 다 먹었어."

그래서 사쿠타는 그런 사소한 이야기를 꺼냈다. 평소에도 할 수 있는 이야기지만, 평소에는 할 수 없었던 이야기를…….

내리막길을 내려가자, 국도 134호선이 나왔다. 그리고 붉은색 신호인 횡단보도 앞에서 멈춰 섰다.

"오늘 밥, 평소보다 좀 질었지?"

"그랬던 것 같기도 해."

사쿠타네 집은 원래 살짝 된밥을 선호한다.

"물이 좀 많았던 것 같아."

"하지만, 식었을 때 먹기에는 딱 좋았어."

"그래?"

"닭튀김도 정말 맛있었어."

뭐랄까, 정말 그리운 맛이었다. 직접 만들 때도 어머니가 만든 것과 비슷한 맛으로 만들려고 하지만, 좀처럼 잘되지 않았다. 비슷하기는 하지만, 영 달랐다. 만드는 방식 자체에는 크게 차이가 없을 텐데……. 뭔가가 달랐다.

"느닷없이 무슨 소리를 하는 거니?"

"매일, 아침 일찍 일어나서 우리 밥을 해주잖아……. 고마워."

사쿠타는 붉은색이 표시된 신호등 너머에 있는…… 푸른 바다를 지그시 응시했다.

"정말, 왜 그러니?"

말로는 당혹스러워하지만, 말투는 온화함과 온기로 가득 차 있었다. 약간 멋쩍어하는 걸지도 모른다. 어머니도 이런 반응을 보일 때가 있다는 것을, 사쿠타는 이제 와서 깨달았다. 당연한 걸지도 모르지만, 어머니도 사쿠타와 마찬가지로 인간인 것이다. 그런 당연한 사실을, 이제야 이해한 듯한 느낌이 들었다.

"저기, 사쿠타."

"응?"

"고맙구나."

사쿠타는 어머니가 왜 고맙다고 말하는 것인지 이해하지 못했다.

"뭐가 말이야?"

"어엿한 오빠가 되어줬잖니."

"그게 무슨 소리야?"

사쿠타는 시치미를 뗐지만, 어머니의 말이 어떤 의미인지 충분히 상상이 됐다.

"카에데를 지켜줬잖아."

"······응."

어머니가 예상했던 말을 입에 담자, 사쿠타는 애매하게 대답하며 고개를 끄덕일 수밖에 없었다. 지금 이 자리에 있는 사쿠타가 카에데를 집단 괴롭힘으로부터 구한 것이 아니기에, 방송실을 점거한 게 아니기에······.

그것은, 이 세계에서 살아온 사쿠타가 해낸 일이다.

그러니, 사쿠타는 어머니에게 칭찬을 받을 수 없다.

"열 시 반 정도니?"

가족 간의 대화답게, 화제가 불쑥불쑥 변했다.

"응?"

"집에 돌아오는 거 말이야."

"아마 그쯤일 거야."

아르바이트는 아홉 시에 끝난다. 옷을 갈아입고, 전철을 타고 돌아가면······ 밤 열 시 반 즈음이리라.

"뭐 먹고 싶은 거 있니?"

"크로켓 남아 있어?"

"내일까지 먹고도 남을 만큼 있단다."

어머니는 약간 으스대는 듯한 어조로 그렇게 말했다.

"너무 많이 만든 거 아냐?"

오늘 아침에 식탁에 있던 크로켓은 어제저녁 반찬 삼아 만들고 남은 것이었다.

"감자가 잔뜩 있어서, 잔뜩 만들어버렸네."

사쿠타는 어머니가 이런 사람이었다는 것을 그리움을 느끼며 떠올렸다. 크로켓과 카레를 만들 때면 분량 감각이 망가지는 건지, 매번 사흘 치는 만들었다.

그래서 그 두 메뉴를 연달아 만들면, 월화수는 크로켓, 목금토는 카레를 먹는다고 하는 꿈만 같은 나날을 보내게 된다. 꿈이기를 바라게 되는 나날이다.

"역에 도착하면 연락 주렴. 튀겨둘게."

"알았어."

"아르바이트, 열심히 하렴."

자연스럽게 통화를 끝내려는 듯한 분위기가 형성됐다.

"저기, 엄마."

그래서 사쿠타는 전화를 끊지 말아달라는 듯이 어머니에게 말을 걸었다.

"왜 그러니?"

할 말은 있다. 해야만 하는 말이⋯⋯. 하지만, 사쿠타는⋯⋯.

"아무것도 아냐."

⋯⋯하고 말하며 슬며시 웃음을 터뜨렸다.

"그래? 그럼 조심하렴."

"응."

전화를 끊었다.

사쿠타는 스마트폰을 쥔 손을 축 늘어뜨렸다. 아직도 빨간색인 신호등을 쳐다보았다. 그 너머에는 푸른 하늘이 펼쳐져 있었다.

할 말은 있었다. 해야만 하는 말이……. 하지만, 사쿠타가 그 말을 건네야 할 사람은 이 세계에 있는 어머니가 아니다.

원래 세계로 돌아간 후, 원래 세계의 어머니에게 그 말을 해야만 의미가 있는 것이다.

신호가 드디어 파란색으로 바뀌었다.

사쿠타는 스마트폰을 가방 호주머니에 넣은 후, 앞을 바라보며 바다로 향했다.

모래사장에 내려서자, 신발이 모래에 빠져들었다. 한 걸음, 두 걸음 내딛다 보니, 자연스럽게 살금살금 걸음을 옮기게 되었고, 사쿠타는 그대로 15미터가량을 걸으며 물가로 향했다.

사쿠타는 약간 축축한 모래 위에 섰다.

이곳에서 보이는 것은 바다와 하늘과 수평선뿐이다.

파도 소리가 사쿠타의 온몸을 감쌌다.

바람은 바다 내음을 잔뜩 머금고 있었다.

존재하는 것은 그게 전부였다.

도로를 달리는 자동차 소리도 들리지 않고, 근처에서 놀고 있는 여대생들의 웃음소리도 들리지 않았다. 파도 소리가, 바람 소리가, 사쿠타를 지켜주고 있다.

감각이 하나씩 차단되면서, 이 세계에서 외톨이가 된 듯한 착각에 사로잡혔다.

몸에서 현실감이 점점 사라졌다.

그 기분 좋은 느낌에 몸을 맡기고 있을 때…….

"아저씨, 또 미아가 된 거야?"

어떤 여자애가 사쿠타에게 말을 걸었다.

어느새, 그 여자애는 사쿠타의 오른편에 서 있었다. 일전에 만났을 때와 마찬가지로, 초등학생용 책가방을 메고 있었다. 몸집에 비해 가방이 커 보였다.

아역 시절의 마이를 쏙 빼닮은 여자애다.

"이제 미아 아냐."

"왜?"

어린아이 같은 질문이다. 아니, 실제로 어린아이니까 당연한 걸지도 모른다.

"돌아가야 할 장소를 알고 있거든."

사쿠타는 솔직하게 대답했다.

"아저씨, 돌아갈 거야?"

"그래."

"왜?"

또 같은 질문을 던졌다.

"쭉, 여기에 있으면 되잖아."

사쿠타가 대답을 하기 전에 여자애가 말을 이었다.

"그래. 여기가 살기 편하기는 해."

카에데는 마음에 깊은 상처를 입지 않았고, 어머니 또한 건강했다. 가족도 다 같이 살고 있다. 마이와도 교제를 하고 있는, 그야말로 나무랄 데가 없는 인생을, 이 세계의 사쿠타는 살고 있었다.

더할 나위 없다. 원하는 것을, 전부 다 가지고 있으니까 말이다.

"하지만, 너무 살기 편해서 문제거든."

"너무 편해도, 안 되는 거야?"

"안 되는 건 아니지만……."

"……응?"

여자애는 의문으로 가득 찬 눈동자로 사쿠타를 쳐다보며 귀엽게 고개를 갸웃거렸다.

"전부, 직접 어떻게든 했어."

"전부?"

"마이 씨도, 코가도, 후타바도, 토요하마도, 『카에데』도 카에데도, 마키노하라 양과 쇼코 씨도…… 전부, 그 모든 문제를 직접 해결했어."

혼자서 해낸 것은 아닐지도 모른다. 다른 사람에게 도움을 받기는 했다. 하지만, 마지막에는 자신의 의지에 따라 앞으로 나아갔다. 걷기 편한 길은 아니었지만, 가시밭길이었지만…… 도망치지 않으며, 사춘기 증후군을 극복했다. 자신의 마음과 어엿하게 마주했다.

그러니…….

"엄마 일도, 직접 어떻게든 하겠어."

남이 해결해주는 것이 아니라, 다른 가능성의 세계로 도망치는 것도 아니라, 자신의 힘으로…….

"그러니까, 또 부탁할게."

사쿠타는 여자애에게 말을 걸면서 오른손을 내밀었다.

여자애는 그 손을 지그시 쳐다보았다. 어떻게 할지 고민하고 있는 것처럼 보이기도 했다. 그런 여자애의 얼굴을 본 순간, 사쿠타의 머릿속에 어떤 생각이 떠올랐다.

리오는 이 여자애라는 존재가 이번 사태와 연결되지 않는다고 말했지만, 결국 이 애도 사쿠타가 지닌 약한 마음이 아닐까. 유약한 마음이 아닐까.

어머니와의 관계 때문에 고민하고 있는 자기 자신과 대치하기 위해, 사쿠타의 무의식이 만들어낸 존재. 마이의 모습을 하고 있는 건, 그편이 솔직하게 이야기할 수 있기 때문이다.

근거 같은 건 없다.

리오가 들으면 코웃음을 칠지도 모른다.

하지만, 그렇게 생각하니 사쿠타도 얼추 납득이 됐다.

"아저씨, 진짜로 돌아가고 싶구나."

"응. 아까부터 그렇다고 말했잖아?"

"거기로 돌아가 봤자, 다들 아저씨를 기억 못 해."

여자애는 사쿠타를 지그시 올려다보았다. 순수함을 뭉쳐서 만든 듯한 그 아름다운 눈동자로, 사쿠타의 마음을 들여다보듯 쳐다보고 있었다.

"그래도 돌아가고 싶어."

"꼭?"

여자애는 사쿠타의 내면에 존재하는 망설임을 찾듯, 그를 응시했다.

"꼭 말이야."

"반드시?"

"반드시 돌아가야 해."

사쿠타는 이 여자애의 순수한 눈동자로부터 도망치지 않았다. 똑바로 쳐다보면서, 아름다운 눈동자에 비친 자신을 응시했다.

"알았어. 그럼 도와줄게."

여자애가 사쿠타의 손을 움켜잡았다. 단단히, 꼭 움켜잡았다.

"도와주기만 하는 거야?"

"이곳에 온 건, 아저씨의 힘이야. 나는 아저씨가 이곳에 올 수 있다는 걸 가르쳐줬을 뿐이에요~."

이 여자애가 약간 으스대는 투로 한 말의 의미를, 사쿠타는 이해하지 못했다.

하지만, 몰라도 괜찮다.

어차피, 이것으로 끝이니까 말이다. 이게 마지막이라면, 다른 이야기를 하자고 사쿠타는 생각했다. 원래 세계로 돌아가서 사춘기 증후군을 완전히 해소한다면, 이 여자애와 만나는 일도 없을 테니까…… 사쿠타는 이 여자애에게 꼭 해줘야 할 중요한 말이 있다는 것을 떠올렸다.

"이제 와서 이런 소리를 하는 것도 좀 그렇지만 말이야."

"응?"

"나는 아직 아저씨가 아니라 오빠라고."

사쿠타가 진지한 표정으로 그렇게 말하자, 여자애는 소리 내서 웃었다. 즐거움이 묻어나는 듯한 순수한 웃음소리였다. 새하얀 치아를 드러내며 그녀가 터뜨린 밝은 웃음소리가 울려 퍼졌다.

그와 동시에, 사쿠타는 급속도로 의식을 잃어갔다. 눈을 한 번 깜빡인 순간, 텔레비전의 전원을 끈 것처럼, 완전히 의식을 잃고 말았다.

Character
Profile

현역 여고생 아이돌

토요하마 노도카

마이의 이복자매이자, 아이돌그룹
『스위트 불릿』의 일원.
날라리 같은 외모와 다르게,
상류층 여학교에 다니고 있다.

사쿠타의 여동생

아즈사가와 카에데

집단 괴롭힘 탓에 집 밖으로
나가지 못하게 된 사쿠타의 여동생.
열다섯 살이며, 올해 봄부터
고등학생이 될 예정.

코가 토모에

고등학교 1학년. 유행에 민감한
여고생이자 소악마 같은 느낌을
지닌, 사쿠타의 후배.
같은 곳에서 아르바이트를 한다.
좀 덤벙대는 게 옥에 티.

후타바 리오

과학부 소속이며, 사쿠타의 동급생.
사쿠타의 몇 안 되는 친구이며
믿음직한 존재. 사춘기 증후군에
관한 상담에도 응해준다.

제4장

홈(Home)

1

텅 비어 있던 사쿠타의 의식 속에, 귀에 익은 자명종 시계 알람 소리가 들려 왔다. 그것을 자각한 사쿠타는 자신이라는 존재를 인식했다.

의식을 되찾은 후, 그는 눈을 떴다.

가장 먼저 시야에 들어온 것은 눈에 익은 하얀 천장과 원반 모양 조명이었다. 몸이 이 세 평짜리 방을 기억하고 있었다. 침대와 책상, 그리고 컬러 박스가 놓여 있을 뿐인 심플한 공간이다.

이곳은 사쿠타의 방이었다. 후지사와로 이사 와서 2년 동안 산 자신의 방이다. 자신이 자유롭게 이용해도 되는 공간에 있기 때문인지 안심이 됐다. 그리고 그 안심이 안도로 이어졌다.

"돌아왔구나."

사쿠타는 그렇게 중얼거리며 현실을 실감했다.

귀에 익은 자명종 알람을 일단 껐다.

시계를 보니 오늘은 3월 18일, 수요일이었다.

어제 하루를 다른 가능성의 세계에서 보내고, 오늘 아침에 돌아온 것이다.

사쿠타는 하품을 하면서 침대에서 나왔다. 그러자, 자신의 방에 존재하는 미세한 위화감을 감지했다.

이곳은 사쿠타의 방이 틀림없다. 피부를 통해 느껴지는 공기도, 분위기도, 이곳이 원래 세계라는 것을 알려주고 있었다. 본능이 그렇게 속삭이고 있었다.

하지만, 이물질이 존재하는 듯한 느낌이 방 곳곳에서 느껴졌다. 처음 맡는 냄새가 이 방에서 나는 듯한 느낌이었다. 그 감각의 정체는 바로 책상 위에 있었다.

그곳에는 대학 노트 한 권이 펼쳐진 채 놓여 있었다.

다가가서 유심히 보니, 두 페이지를 가득 채우며⋯⋯.

—제대로 좀 하라고, 또 한 사람의 나.

⋯⋯하고, 눈에 익은 글씨체로 적혀 있었다. 사쿠타의 글씨체와 비슷했다. 정말 흡사했다. 아니, 사쿠타의 글씨체가 틀림없었다. 하지만, 사쿠타는 이런 걸 적은 기억이 없었다.

그럼 누가 적은 것일까.

그 답은 깊이 생각해보기도 전에 알 수 있었다. 저 문장 안에 힌트가 들어 있었던 것이다.

"또 하나의 내가 쓴 거구나⋯⋯."

아마 사쿠타가 어제 방문했던 가능성의 세계에 있던 사쿠타가 쓴 것이리라. 사쿠타가 건너편에서 지내는 동안, 반대로 건너편의 사쿠타가 어제 하루 동안 이곳에서 지낸 것 같았다.

공책에 남겨진 문장은 그 흔적이다.

문장은 그게 전부가 아니었다.

—돌아왔으면, 마이 씨의 집 우편함에 편지를 넣어둬.

영문 모를 지시였다.

"편지?"

공책 옆에는 공책을 찢어서 만든 종잇조각이 놓여 있었다. 반으로 접은 후, 그것을 한 번 더 반으로 접은 것 같았다. 겉면에는 「마이 씨에게」라고 적혀 있었다. 사쿠타의 글씨체로 말이다.

일단, 내용을 확인하기 위해 펼쳐보았다.

—마이 씨의 행복은 내가 보증할게요.

그런 문장이 적혀 있었다.

"오지랖 한번 심하네."

또 한 사람의 사쿠타는 사쿠타가 처한 상황을 정확하게 파악하고 있는 것 같았다.

마이에게 보내는 편지의 아래편에는 「마이 씨의 사쿠타 올림」이라고 적혀 있었다.

사쿠타가 쓴 게 틀림없어 보였다.

"객관적으로 보면, 꽤 오글거리는 편지네……."

게다가, 꽤 기분 나빴다.

앞으로 이런 문장을 쓸 일이 있다면, 조심하는 편이 좋을 것 같았다.

사쿠타는 그렇게 생각하면서 편지를 다시 접은 후, 책상 옆에 있는 쓰레기통에 주저 없이 집어넣었다. 텅 빈 쓰레기통

바닥에 부딪친 종잇조각이 통 하고 기분 좋은 소리를 냈다.

그 후, 사쿠타는 공책을 한 장 찢어서 같은 내용의 편지를 직접 썼다. 정성 들여서 말이다. 또 한 사람의 사쿠타의 글씨보다 읽기 쉽기를 바라면서……. 그리고 그 편지를 접었다.

펼쳐져 있던 공책도 덮었다. 그러자, 그 밑에 메모가 한 장 더 있었다. 매우 작은 글씨로…….

—키리시마 토코를 어떻게 생각해?

……하고 적혀 있었다.

"어떻게 생각하냐고……?"

사쿠타는 질문의 의도를 알 수 없었다.

"딱히 아무렇게도 생각하지 않는데 말이야."

그것이 사쿠타가 현재 지닌 솔직한 감상이다. 요즘 들어 유행하고 있다는 것만 알고 있는 존재다. 딱히 흥미도 없다.

왜 또 한 사람의 사쿠타는 이런 질문을 남긴 것일까. 뭔가 사정 혹은 이유가 있을 것 같지만, 사쿠타는 짐작조차 되지 않았다. 그리고 지금은 그런 영문 모를 일이나 신경 쓰고 있을 때가 아니다.

이렇게, 무사히 원래 세계로 되돌아왔다.

하지만, 본질적인 문제는 전혀 해결되지 않았다.

셔츠를 걷어서 확인해보니, 복부에는 여전히 하얀 흉터가 남아 있었다. 아무것도 해결되지 않았다는 증거다.

상황을 파악하기 위해, 사쿠타는 거실로 향했다. 기억하고 있는 전화번호…… 마이, 리오, 유마, 그리고 겸사겸사 노도 카에게도 전화를 해봤지만, 역시 발신음도 울리지 않았다.

집 안에는 카에데도 없었다. 나스노는 코타츠 위에서 자고 있었다. 카에데는 아직 어머니와 함께 있을 것이다. 돌아오지 않은 것 같았다. 의식 속에서 사쿠타라는 존재가 사라졌다면, 후지사와로 돌아온다는 생각 자체를 하지 못할지도 모른다.

그래서, 자신이 남들에게 인식될 거라는 기대 같은 건 하지 않았다.

그래도 확인을 할 필요는 있기에, 사쿠타는 공책을 찢어서 만든 편지를 들고 현관 밖으로 나갔다.

엘리베이터를 타고 1층으로 내려간 후, 맨션 밖으로 나섰다.

아침인 지금은 통근 및 통학을 할 시간대다. 맨션 앞의 길에는 역을 향해 걷고 있는 회사원과 학생들이 드문드문 보였다.

사쿠타는 상반신의 옷만 벗은 후, 길 한복판에 섰다.

나이 지긋한 회사원이 그의 옆을 지나갔다.

여대생은 쳐다보지도 않았다.

5분 동안 서른 명가량의 사람들과 접촉을 시도해봤지만 시선조차 마주치지 않았으며, 그 누구도 「변태가 나타났어요」하고 말하며 경찰에 신고하지도 않았다. 물론 경찰차가 출동하지도 않았다.

이렇게 되면, 사쿠타가 할 수 있는 일은 한정된다. 분하지만, 또 한 사람의 사쿠타가 알려준 대로 해볼 수밖에 없다.

사쿠타는 옷을 입은 후, 마이가 사는 맨션에 들어갔다. 그리고 마이의 집 우편함에 공책을 찢어서 만든 편지를 넣었다.

불가사의하게도 불안은 느껴지지 않았다.

이런 상황인데도, 왠지 즐거운 느낌이 들었다.

마치, 데이트 약속을 한 직후의 기분과 흡사했다.

마이가 로케이션 촬영지인 야마나시현에서 돌아오는 건 내일…… 3월 19일 목요일로 알고 있다.

우편함 앞에서 기다려봤자 아무 의미도 없다고 생각한 사쿠타는 일단 집으로 돌아가서 나스노에게 먹이를 준 후, 아침을 챙겨 먹었다.

식사를 마치고, 세수와 양치질을 마친 다음, 화장실도 다녀온 사쿠타는 교복을 입었다.

"다녀오겠습니다."

사쿠타는 혼잣말을 하듯 그렇게 중얼거린 후, 학교에 가기 위해 집을 나섰다.

마이를 만나러 야마나시에 갈까도 생각했다. 마음 같아서는 그러고 싶다. 하지만 사쿠타는 촬영이 이뤄지는 구체적인 장소를 마이에게서 듣지 못했다. 야마나시현의 어딘가……라는 사실만으로 찾아다니는 것은 비현실적이라고 판단했다. 차라리 얌전히 내일까지 기다려보는 편이 좋을 것 같았다.

그 탓에 불안 혹은 초조를 느끼지 않는다면 거짓말일 것이다. 당연히 느끼고 있었다.

현재 사쿠타는 그 누구에게도 존재가 인식되지 않는 상태다. 리오의 말을 빌리자면, 절반은 존재하지만 절반은 존재하지 않는 확률의 상태다. 그것이 결국 어떤 상태를 가리키는지는 모른다. 아무튼, 영문 모를 상태가 되어버린 것은 틀림없다. 바람이 불면 그대로 사라져버릴지도 모를 만큼 불확실한 존재인 것이다.

하지만, 그렇기 때문에, 사쿠타는 학교에 가기로 했다.

평소와 다름없이 행동하자고 마음먹었다.

평소처럼 행동함으로써, 사쿠타가 이곳에 존재한다는 사실을 이 세계에 심어 넣고 싶었다. 사쿠타 본인이 그렇게 실감하고 싶었다. 자신이 이곳에 존재한다고 말이다.

그래서, 평소와 다름없는 페이스로 걸었다. 10분 만에 후지사와역에 도착했다. 역 주변은 평일 아침 특유의 잡음에 휩싸여 있었다. 출근하는 회사원과 등교하는 학생들로 붐볐다. 그들은 JR의 개찰구로 흘러 들어갔고, 거기서 나온 이들은 오다큐 에노시마 선으로 환승했다.

매일같이 반복되는 그 풍경 속을 지나간 사쿠타는 역의

남쪽으로 나갔다. 그리고 연결 통로를 따라 50미터 정도 나아갔다. 정기권 교통카드로 개찰구를 통과한 후, 에노전 후지사와역의 플랫폼에 들어섰다.

평소에 타던 전철에, 무사히 탈 수 있었다.

달리기 시작한 전철 안에서, 사쿠타는 가방 안에서 꺼낸 단어장을 펼쳤다. 그리고 단어 하나하나의 의미를 암기했다. 빨간색 시트로 글자를 가리며, 제대로 외웠는지 확인했다.

그러다 보니, 사쿠타는 어느새 시치리가하마역에 도착했다.

미네가하라 고등학교의 학생들 사이에 섞여서 교문 안으로 들어갔다. 신발장에서 실내화를 꺼내서 갈아 신었다. 등교 도중에 토모에를 봤고, 유마가 눈앞을 지나쳤지만, 두 사람 다 사쿠타를 발견하지 못했다. 아무도 사쿠타를 인식하지 못했다. 인식해주지 않았다.

알고 있던 사실이지만, 가까운 이들이 자신을 알아보지 못하며 그냥 지나치는 모습을 보니 왠지 안타까웠다. 그래도 조례 시간이 다 되었다는 것을 알리는 벨이 울리자, 사쿠타는 서둘러 교실로 향했다.

충격에 사로잡혀 고개나 숙이고 있을 때가 아니다.

사쿠타는 믿는 구석이 있다.

그러니, 괜찮다.

과학적인 근거 같은 건 없지만…… 믿는 사람이 있다.

소중한 사람이……. 마이가 있다.

마이라면 분명 사쿠타를 발견해줄 것이다. 그렇게 믿을 수 있었다.

그러니, 사쿠타의 투명 인간 생활은 오랫동안 이어지지 않을 것이다. 금방 원래 생활로 되돌아갈 것이 틀림없다.

그렇게 됐을 때 당황하지 않도록, 평소와 다름없이 생활하는 편이 좋다.

3학기 기말시험도 끝난 이 시기의 수업은 시험지 반환과 문제 풀이뿐이었지만, 사쿠타는 언제 원래대로 되돌아가도 괜찮도록, 성실히 수업을 들었다.

물론 사쿠타는 세계로부터 인식이 되고 있지 않기에 답안지는 받지 못했지만…… 그래도 자기가 틀린 듯한 수학 문제는 공책에 풀이 방법을 필기해뒀다.

"이 부분은 대학 입시에도 자주 나오지."

교사가 그렇게 말하자, 그 부분에 대한 설명에도 귀를 기울였다.

그렇게 오전 중에 끝나는 수업을 4교시까지 열심히 들었다.

종례가 끝난 후, 부활동을 하는 학생들은 교실에 남아서 도시락을 먹었다. 딱히 볼일이 없는 학생들은 돌아갔다. 평소의 사쿠타는 후자에 속하지만, 집에 돌아가 봤자 수험 공부 말고는 할 게 없다. 그래서 사쿠타는 집에서 가져온 팥빵을 먹으면서 도서실로 향했다.

공부만 할 거라면, 학교에서도 가능할 거라고 생각한 것이다.

"실례합니다."

사쿠타는 그렇게 말하면서 문을 열었다. 도서실 안에는 아무도 없었다. 얼마 전까지…… 수험 시즌까지는 3학년들이 이곳에서 공부했지만, 그들도 이미 졸업했기에 지금은 아무도 없었다.

사쿠타는 바다가 보이는 창가 자리에 앉은 후, 수학 참고서를 펼쳤다. 그리고 아까 수업 때 풀이를 들은 미분 문제를 복습했다. 이걸 공부해서 어디에 써먹는지는 모르지만, 적어도 수험에 나온다면 전부 이해해둬야만 한다.

마이와 함께 즐거운 대학 생활을 하기 위해, 마이의 미소를 보기 위해, 그리고 아주 약간이지만 사쿠타의 장래를 위해…….

볼일을 보러 화장실에 갈 때 이외에는 책상에 붙어 앉아 열심히 공부를 했다. 학생 몇 명이 사서 선생님을 찾아오기도 했지만, 전혀 신경 쓰이지 않았다.

사쿠타가 정신이 퍼뜩 든 것은 「도서실 운영 시간이 끝났어요」라는 목소리가 들렸을 때였다. 서른 살 정도로 보이는 차분한 인상의 사서 선생님이 실내를 확인하며 살펴보고 있었다. 책장 사이사이를 일일이 확인하면서, 도서실에 학생이 없는지 체크했다.

사쿠타의 눈앞도 지나쳤지만, 그는 발견하지 못했다.

사쿠타는 참고서와 공책을 서둘러 챙긴 후, 사서 선생님이 문을 잠그기 전에 도서실을 나섰다. 도서실에 갇히는 것도 좀 그러니까 말이다.

　복도로 나가자, 어느새 밖은 어둑어둑해져 있었다. 서쪽하늘을 쳐다봐도 태양은 보이지 않았다. 에노시마보다 더먼 곳…… 바다 너머에 있는 오다와라나 유가와라, 하코네의 산 너머가 어슴푸레한 빛에 감싸여 있었다. 태양의 기운이 어렴풋이 남아 있었다. 하지만 사쿠타가 그렇게 쳐다보는 사이, 완전히 사라지면서 밤이 찾아왔다.

　교내에는 부활동을 하는 이들도 없었으며, 복도의 불빛도점점 꺼지고 있었다.

　사쿠타의 눈앞에서 학교 안의 불빛이 하나하나 꺼져가고있었다.

　미네가하라 고등학교에도 벌써 2년이나 다녔지만, 사쿠타는 이 광경을 본 적이 없었다. 그래서, 학교 안의 모든 불빛이 다 꺼질 때까지 지켜본 후에 돌아가자는 장난기 어린 생각에 자연스럽게 사로잡혔다.

　분명 그게 가능한 것은 지금뿐이다.

　사쿠타의 모습이 교사들의 눈에 보인다면, 빨리 돌아가라면서 학교에서 쫓아낼 테니까 말이다.

　3층의 불빛이 전부 꺼지고, 2층과 1층의 불빛도 거의 동시에 대부분 꺼졌다. 아직 불빛이 흘러나오는 곳은 교무실 주변뿐이다.

그 불빛도 여덟 시 즈음에 꺼졌다.

교내에 있는 단 하나의 형광등도 켜져 있지 않았다. 조명이 다 꺼졌지만, 발치가 보이지 않을 만큼 어둡지는 않았다.

비상등 불빛이 복도를 비추고 있었으며, 창문을 통해 달빛이 스며들어오고 있었다.

마지막까지 남아 있던 교직원이 돌아간 후, 사쿠타는 신발장으로 향했다. 그리고 신발을 갈아 신은 후, 밖으로 나갔다. 그러자, 달빛이 한층 더 강하게 느껴졌다.

하지만, 하늘을 올려다봐도 달은 보이지 않았다. 학교 건물에 달이 가려진 것 같았다.

달을 찾고 있는 사쿠타의 발걸음이 운동장으로 향했다.

이곳에서라면 건물이 달을 가리지 않을 것이다.

밤하늘을 올려다보니, 그곳에는 밝은 달이 존재했다. 귀퉁이 부분이 약간 잘려나간 달이 운동장 한가운데에 선 사쿠타를 내려다보고 있었다.

그곳은 사쿠타에게 있어 추억이 어려 있는 장소이기도 했다.

마이에게 고백을 한 장소다.

그 후로 아직 1년도 채 지나지 않았다. 얼추 열 달 정도가 지났다. 그 열 달 동안 있었던 일을 떠올리고 있을 때…….

"빨리 마이 씨를 만나고 싶어."

사쿠타의 솔직한 마음이 말이라는 형태를 빌어 그의 입에서 흘러나왔다.

내일이 몹시 기다려졌다.

빨리 내일이 되었으면 좋겠다.

그러기 위해서는, 빨리 집에 돌아가서 자는 게 최고다.

사쿠타가 그렇게 생각하며 집으로 돌아가려던 순간, 운동장 한편에 있는 누군가의 모습이 눈에 들어왔다. 운동장을 둘러싼 철망 너머⋯⋯.

교사 중에 아직 퇴근하지 않은 이가 있는 걸까.

처음에는 그렇게 생각했다.

하지만, 곧 그렇지 않다는 사실을 눈치챘다.

그 누군가가 한 걸음 내디딘 순간, 사쿠타는 상대가 누구인지 눈치챈 것이다⋯⋯.

상대의 걸음걸이가 매우 눈에 익었다.

그 누군가가 철망 너머에서 운동장 쪽으로 왔다.

달빛이, 그 사람을 선명하게 비췄다.

"마이 씨⋯⋯."

입에서, 상대방의 이름이 자연스레 흘러나왔다.

마이는 평소와 다름없는 가벼운 발걸음으로 사쿠타에게 다가왔다.

한 걸음씩⋯⋯ 사쿠타를 향해, 곧장 다가왔다.

마치, 사쿠타가 보이는 것처럼⋯⋯ 마이의 눈은, 사쿠타를 향하고 있었다.

시선도 마주쳤다.

기분 탓이 아니었다. 지금도 두 사람의 시선은 뒤엉켜 있었다. 마치 가위에 눌리기라도 한 것처럼, 사쿠타는 그 자리에서 꼼짝도 하지 못했다.

왜, 마이가 이곳에 있는 걸까.

그녀는 내일 돌아온다고 했는데…….

왜, 아무런 망설임도 없이, 저렇게 태연한 표정으로, 사쿠타를 향해 걸어오고 있는 걸까.

이 세상 그 누구도 사쿠타를 인식하지 못하는데…….

사쿠타는 마이라면 자신을 발견해줄 거라고 믿고 있었지만, 그래도 의문에 사로잡혔다.

하지만, 그 또한 단 한순간에 불과했다.

마이가 다가오고 있다. 그녀의 얼굴이 선명하게 보이자, 그런 건 아무래도 상관없다는 생각이 들었다.

그렇게 만나고 싶었던 마이가 이 자리에 있다. 자신에게 다가오고 있다. 그 사실보다도 중요한 것은 존재하지 않았다.

마이는 아무 일도 없었다는 듯이 사쿠타를 향해 곧장 다가왔다. 하지만 남은 거리가 10미터 정도일 때, 그녀의 여유로운 표정이 아주 약간 무너졌다. 더는 못 참겠다는 듯이, 마이의 걸음이 아주 약간 흐트러졌다. 빨라졌다. 5미터 정도 남은 순간, 걸음이 더 빨라지더니…… 마이는 그대로 사쿠타를 끌어안았다. 두 손을 그의 목에 두르며, 꼭 안겨들

었다.

두 사람 사이의 거리는 제로가 되었다.

귀에 닿는 마이의 숨결이 아주 약간 거칠었다. 맞닿은 가슴을 통해, 초조함을 동반한 마이의 심장 소리가 들렸다. 두근, 두근, 하면서 그녀의 지금 심정을 대변하고 있었다.

마이를 불안에 떨게 만들었다고 생각한다. 그래서 미안하다고 솔직하게 사과하자고 생각했다. 사과를 한 후, 어째서 이런 일이 벌어진 것인지 제대로 설명하자고 생각했다.

전부, 사쿠타의 망설임에서 기인한 일이다. 어머니에 대한 감정을 제대로 정리하지 못한 바람에 일어난 일이다. 사쿠타는 그 말을 하고 싶었지만, 그러지 못했다.

그보다 먼저…….

"사쿠타."

……하고, 마이가 그의 귀에 속삭였기 때문이다.

"예."

사쿠타는 반사적으로 대답했다.

마이는 사쿠타를 안고 있는 팔에 더욱 힘을 줬다. 그리고…….

"……우리, 언젠가 꼭 가족이 되자."

……하고, 상냥한 목소리로 속삭였다. 온화하고, 부드러우며, 또한 온기로 가득 찬 목소리였다.

고막을 통해 마이라는 존재가 온몸으로 퍼져 나가며 전해지더니, 그대로 녹아들어 갔다. 마이라는 존재가, 사쿠타의 마음에 존재하는 불안을 감싸줬다.

그 한마디를 들은 순간, 사쿠타는 말문이 막혔다. 머릿속으로 준비한 말이 전부 사라졌다. 흔적도 없이, 마치 애초부터 아무것도 없었던 것처럼…….

마이는, 지금 사쿠타에게 꼭 필요한 말을 건넸다.

쭉 그것을 갈구했었다고 생각한다.

쭉 그것을 찾아다녔다고 생각한다.

하지만, 발견할 수가 없었다. 그리고 사쿠타는 자신이 무엇을 찾는지도 알지 못했다.

알지 못하니, 찾을 수 있을 리가 없다. 발견할 수 있을 리가 없다.

그것을, 마이는 너무도 간단히 찾아내서, 사쿠타에게 전해줬다.

사쿠타에게 준 것이다.

하지만 사쿠타는 마이에게 어떻게 답례하면 좋을지 몰랐기에, 몸 안을 따뜻한 감정으로 가득 채운 채 그녀를 꼭 끌어안았다. 두 팔에 기쁨과 감사와 말로 설명할 수 없는 마이를 향한 마음을 전부 담아, 그녀를 꼭 안았다.

마이가 「아파」 하고 웃으면서 말할 때까지, 계속…….

오후 아홉 시가 지나자, 시치리가하마역은 정적에 휩싸여 있었다. 아무도 없다. 역의 이용객은 물론이고, 이 시간이 되자 역무원도 없었다.

사쿠타와 마이는 마치 전세를 낸 듯한 플랫폼의 벤치에 나란히 앉았다.

역을 비추는 조명에서 나는 소리가 희미하게 들렸다. 파도 소리도, 해안선에 존재하는 국도 134호선을 달리는 차량의 소리도 여기까지 전해지지는 않았다.

바다에서 전해져 오는 것은 바다 냄새뿐이다.

"효험이 있었어."

마이가 불쑥 작은 목소리로 그렇게 말했다.

"예?"

사쿠타가 영문을 모르겠다는 표정으로 마이를 쳐다보자, 그녀는 사쿠타를 힐끔 쳐다보았다.

"부적 말이야."

마이는 장난기 섞인 미소를 지었다.

"그거 말이군요."

그 짧은 대화를 통해, 사쿠타의 마음속에 존재하던 의문 하나가 풀렸다.

왜, 마이가 하루 먼저 돌아온 것인가.

그것은, 『부적』 덕택이었다.

사쿠타와 마이의 이름이 적힌 혼인 신고서.

부적 삼아 마이가 가지고 있던 것.

그것이 있었기 때문에, 마이는 사쿠타를 떠올릴 수 있었다.

그래서 예정보다 하루 일찍 돌아왔다. 사쿠타를 위해서…….

마이가 학교에 간 것은 우편함에 들어 있던 편지를 봤기 때문이리라.

우연도, 기적도 아니다. 오늘까지 마이와 함께 해온 일들이 사쿠타를 구원해줬다.

그 사실이, 단순히 기뻤다.

가슴속이 마이와 보낸 나날들의 추억으로 가득 차서 그런지, 전철이 좀처럼 오지 않는 것도 신경 쓰이지 않았다. 마이와 단둘이 보내는 시간을, 사쿠타가 지루하게 여길 리가 없었다.

10분 정도 지나서야 카마쿠라 방면에서 전철이 왔다.

한밤중에 달리는 에노전의 차량이 플랫폼으로 들어왔다. 주위에는 가로등 불빛뿐이라, 전철의 창문이 더욱 환하게 느껴졌다. 2년 동안 타면서 익숙해졌던 전철이 평소와 다른 모습을 보이고 있었다.

승객은 얼마 되지 않았다.

하지만, 사쿠타의 모습이 마이 이외의 사람들에게도 보이는지 확인을 해보기에는 충분했다. 전철에 탄 순간, 그들의

눈에 사쿠타의 모습이 보이지 않는다는 것을 분위기로 감지
할 수 있었다.

마이에게 신호 삼아 눈짓을 보낸 후, 「와~」 하고 소리를
내봤다. 하지만 아무도 사쿠타를 쳐다보지 않았다. 스마트
폰에 열중한 이도 있었고, 커플은 자기들끼리 시시덕거리느
라 바빠서 사쿠타를 신경 쓸 겨를이 없는 것 같았다.

사쿠타가 주위의 확인을 마치자, 마이가 그의 손을 꼭 움
켜쥐었다. 그리고 살며시 잡아당기더니, 비어 있는 녹색 시
트에 앉았다. 그리고 후지사와역에 도착할 때까지 마이는
사쿠타의 손을 놓지 않았다.

종점인 후지사와역에서 내렸지만, 사쿠타를 인식하는 사
람은 없었다.

시계를 보니, 열 시가 다 되어 갔다.

역 주변에서는 귀가 중인 사회인들이 오가고 있었다. 마
을이 잠들려면 아직 먼 것 같았다.

사쿠타는 마이의 손을 당당히 움켜잡은 채, 그런 이들 사
이로 걸음을 옮겼다. 평소에는 할 수 없는 행동이다. 마이
는 국민적인 지명도를 자랑하는 유명인이며, 스캔들 엄금인
인기 여배우다.

그렇기에, 할 수 없는 일을 할 수 있다는 해방감과 죄책감
덕분에 기분이 점점 즐거워졌다. 북쪽 출입구로 빠져나간

두 사람은 손을 맞잡은 채 사람들 사이를 가르며 뛰었다.

들뜬 마음은 두 사람이 살고 있는 맨션을 향해 걷다 보니 점점 진정되었고, 사카이강에 걸린 다리를 건널 즈음에는 두 사람의 얼굴에서 웃음기가 사라졌다.

사쿠타가 타인에게 인식되지 않는 이상, 아직 문제는 해결되지 않은 것이다.

들뜨기에는 아직 일렀다.

사쿠타와 마이는 거의 이야기를 나누지 않으며 맨션 앞으로 돌아왔다. 사쿠타가 살고 있는 맨션 앞이기도 하며, 마이가 살고 있는 맨션 앞이기도 했다. 서로가 사는 맨션이 마주 보며 세워져 있는 것이다.

사쿠타가 무슨 말을 하기도 전에, 마이가 자연스레 그를 따라왔다. 아니, 마이가 사쿠타의 손을 잡아끌며 그의 집으로 향했다.

집에 들어간 후, 「뭐라도 좀 만들어볼게」 하고 말한 마이는 사쿠타의 대답도 듣지 않고 부엌에 섰다. 그녀가 완성한 것은 밥과 된장국, 그리고 달걀말이였다. 시장을 보지 않았기 때문에 냉장고 안은 텅텅 비어 있었다.

"20세기의 드라마에 나오는 아침 식사 같네."

마이는 그렇게 말하며 웃음을 흘렸다. 사쿠타 또한 덩달아 웃음을 터뜨렸다.

식사를 마치자, 마이는 「목욕물 받아놨으니까 씻어」 하고 사쿠타에게 말했다.

"피곤할 테니까 느긋하게 씻어."

"마이 씨가 함께 목욕한다면 평생이라도 목욕할 수 있을 것 같아요."

"그러면 피로가 전혀 풀리지 않을걸?"

사쿠타의 의견을 딱 잘라 거절한 마이는 그의 등을 밀면서 세면장에 집어넣었다.

솔직히 말해 피곤한 것도 사실이기에, 괜히 저항하지는 않았다. 육체적으로 피곤한 건지, 정신적으로 피곤한 건지는 모르겠지만…… 아무튼 지칠 대로 지쳤다. 마이의 말에 순순히 따르기로 한 사쿠타는 느긋하게 목욕을 하기로 했다.

옷을 벗어보니, 복부에는 새하얀 흉터가 여전히 남아 있었다. 거울에도 확연하게 비쳤다. 아직 사라질 기색조차 보이지 않았다.

아직 끝나지 않았다. 이 흉터가 그렇게 말하고 있었다.

어머니와 아직 만나지 않은 것이다.

"……내가, 어떻게 하면 좋을까?"

사쿠타는 물에 몸을 담근 채, 천장을 올려다보면서 지금 심정을 솔직하게 말했다. 그러면서 마음을 정리한 후, 자신의 마음이 어쩌고 싶어 하는지 확인했다.

그것만으로도 느긋하게 목욕을 한 보람이 있다는 생각이 들었다.

현기증이 나기 전에 욕실을 나서자, 웬일로 마이 또한 사쿠타의 집에서 목욕을 하겠다고 말했다. 예전에 이 집에 묵을 때는 일단 자기 집에 돌아가서 목욕을 한 후, 다시 왔었는데 말이다. 마이가 사쿠타의 집에서 목욕을 한 것은 노도카와 겉모습이 바뀌었을 때뿐이다. 마이가 마이인 채로 이 집에서 목욕을 한 적은 없다. 그래서 사쿠타가 의아하게 생각하고 있을 때였다.

"알았으면, 빨리 세면장에서 나가."

마이는 딱 잘라 그렇게 말하면서 복도를 손가락으로 가리켰다.

"가능하면, 여기 계속 있고 싶어요."

마이는 그 말을 들은 척도 하지 않더니, 아까와는 반대로 사쿠타를 세면장 밖으로 밀어냈다. 팬티 한 장만 걸친 사쿠타를 말이다……. 그리고 세면장의 문을 닫더니, 자물쇠도 잠갔다.

"마이 씨, 갈아입을 옷은요?"

"아까 집에 가서, 사쿠타가 좋아 죽는 숙박용 물품을 챙겨 왔어."

그러고 보니 마이는 짐이 한가득해 보이는 토트백을 들고 세면장에 들어갔다.

"수건은요?"

"혹시 남는 수건 있어?"

제4장 홈(Home)_261

"선반 위쪽에 있는 건 전부 새 수건이에요."

"고마워."

"……."

"빨리 옷이나 입어."

아무래도 사쿠타가 문 너머에서 마이에게 주의를 기울이고 있다는 걸 들킨 것 같았다.

사쿠타는 순순히 방으로 들어가더니, 실내복을 입었다. 감기라도 걸려서 마이에게 더 폐를 끼칠 수는 없다.

사쿠타는 딱히 할 일도 없었기에, 침대에 올라갔다. 그리고 벽에 기댄 채, 다리를 쭉 뻗었다.

사쿠타가 그대로 멍하니 있는 사이, 30분이 흘렀다.

마이는 아직 목욕을 마치지 않았다.

희미하게 들리던 샤워 소리도 멎었다. 사쿠타가 그것을 눈치챈 직후부터 드라이어 소리가 한동안 들렸다.

세면장의 문이 열리는 소리가 들린 것은 그로부터 20분이 지났을 즈음일 거라고 생각한다.

복슬복슬한 실내복을 입은를 입은 마이가 사쿠타의 방에 들어왔다.

"나스노는 코타츠에서 자고 있어."

마이는 거실을 살펴보고 온 건지, 사쿠타에게 그렇게 말했다.

그리고 한숨을 내쉰 마이는 가벼운 발걸음으로 침대에 올라왔다. 그리고 베개를 안더니, 사쿠타와 어깨가 닿을락 말락 할 정도로 붙어서 앉았다. 그리고 곧 손을 움켜쥐었다.

"이렇게 잡고 있지 않으면, 사쿠타가 또 어딘가로 가버릴 것 같아."

마이는 그런 이유를 변명이라는 듯이 입에 담았다.

하지만 마이가 한 말은 그것으로 끝이었다. 그 후로 마이는 아무 말 없이 사쿠타의 손을 움켜쥐고 있었다. 사쿠타의 곁에 그저 있어줬다.

그래서 아무 부담도 느끼지 않으며…… 사쿠타는 무심결에 입을 열었다.

"나는 엄마를 잊어야만 했어요."

전기도 켜지 않은 방에서 사쿠타의 목소리만이 울려 퍼졌다. 거실과 복도의 희미한 불빛이 문틈을 통해 스며들어오기만 했다.

마이는 아무 말도 하지 않았다. 그저 사쿠타를 쳐다보며, 그의 이야기에 귀를 기울였다.

"『카에데』와 후지사와로 이사를 온 후…… 아버지에게도, 엄마에게도 의지할 수 없는 생활이 시작됐어요."

물론 경제적으로는 아버지가 지원해줬다.

"아침에 스스로 일어나서, 식사를 준비하고, 세탁을 하고, 방도 욕실도 화장실도 청소하고, 쓰레기도 내놓고…… 스스로 할 수밖에 없었기 때문에, 전부 할 수 있게 됐어요."

사쿠타 혼자였다면 대충대충 할 수 있었을지도 모른다. 하지만 『카에데』가 있기 때문에, 최선을 다할 수밖에 없었다. 최선을 다할 수 있었다.

"엄마가 없어도, 괜찮아질 수밖에 없었던 거예요."

그러고 싶었던 건 아니다. 그럴 수밖에 없었다. 어머니를 잊은 채, 하루하루를 살고 싶었던 게 아니다. 그렇게 되어버렸을 뿐이다.

"엄마가 언제 다시 건강해질지 알 수 없었고…… 건강을 되찾을지도 몰랐어요."

"응."

"그래서, 기대 같은 건 하지 않았다고 생각해요."

"……그랬구나."

"그게 당연한 일이 되면서, 처음에는 어쩔 수 없이 시작한 지금의 이 생활이…… 어느새 편하게 느껴졌어요."

"응……."

"그런데, 이제 와서……."

자신의 마음을 살피면서 말을 잇다 보니…… 그곳에 도달하고 말았다.

"왜, 이제 와서……."

그런 식으로 생각하는 자기 자신이 존재한다는 사실을, 눈치채고 말았다.

어머니가 건강을 되찾는 것은 환영해 마지않을 일이다.

사쿠타의 이성은 그렇게 외치고 있다.

하지만, 어머니의 회복은 사쿠타가 2년 동안 일군 평온을 무너뜨리는 것이기도 했다.

처음에는 어쩔 수 없이 시작한 이 비정상적인 생활도, 이제 와서는 사쿠타에게 있어 당연한 것이 되었다. 그것이 망가지는 것에 마음이 저항하고 있다. 닥쳐오는 변화 앞에서, 당황했다.

가족 네 명이 모여 사는 평범한 행복을 되찾을지도 모른다는 사실에, 사쿠타는 당혹스러워하고 있었다.

어머니의 회복을 기쁜 마음으로 받아들이지 못하는 자신이 못났고, 한심했다.

그런 고통스러운 마음에 목이 막힌 나머지, 좀처럼 말을 토할 수가 없었다.

"사쿠타는 그래도 괜찮아."

그 침묵을 깬 것은 마이의 상냥한 목소리였다.

그 목소리가 사쿠타를 포근히 감싸줬다.

"뭐가 괜찮다는 거예요?"

하지만 사쿠타는 마이의 말에 담긴 의미를 이해하지 못했다.

괜찮을 리가 없다고 생각했다. 어머니의 존재를 잊고 살아온 자신이 용서받아도 괜찮을 리가 없다. 그것은, 사쿠타가 되고 싶은 상냥한 사람이 아니다.

"사쿠타는 부모님에게 의지하지 않고, 청소도, 세탁도, 요리도 전부 스스로 할 수 있게 됐잖아?"

"……."

"아침에도 혼자서 일어나고, 학교도 착실히 다니고 있으며, 아르바이트를 해서 돈도 모으고 있어."

"……그게 어쨌다는 거예요?"

그것은 사쿠타에게 있어 일상이다. 2년 동안 사쿠타가 일상으로 삼아온 것이다. 어머니라는 존재를 희생시켜서…….

"그런 것을 뭐라고 부르는지, 사쿠타는 모르지?"

"……."

사쿠타는 감이 오지 않았기에 고개를 갸웃거렸다.

"그런 걸 두고, 어른이 됐다고 말하는 거야."

마이는 사쿠타를 쳐다보며 기쁨이 묻어나는 미소를 지었다. 어른이 된 사쿠타를 축복해주듯…… 상냥하게 웃고 있었다.

그런 마이의 마음이, 말이, 사쿠타의 마음을 가득 채웠다. 마음속 깊은 곳까지 침투하면서, 차갑게 얼어붙은 사쿠타를 따뜻하게 보듬어줬다. 몸 한가운데가 뜨거워지면서, 마음을 가득 채웠다.

정신을 차리고 보니, 눈물을 흘리고 있었다. 눈물이 하염없이 흘러나왔다. 그의 마음이 눈물이라는 형태로 볼을 타고 흘러내렸다.

사쿠타는 마치 어린애처럼 오열했다. 그가 기침을 토하자,

마이가 등을 어루만져줬다. 자신의 가슴으로 사쿠타를 감싸 안아줬다.

그녀의 품은 평온으로 가득 차 있었다. 그래서 완전히 안심하고 만 사쿠타는 어린애처럼 흐느꼈다. 그 앳된 눈물을 전부 몸 밖으로 쏟아낼 때까지, 계속 울었다.

3

다음 날 아침, 평소와 같은 시간에 자명종 시계는 울리지 않았다. 하지만 사쿠타는 평소 일어나는 시간이 되자, 아침의 기운을 느끼며 잠에서 깨어났다.

약간 나른한 기분을 느끼며, 눈을 떴다.

"……."

우선 아무 말 없이 눈을 두 번 깜빡였다.

옆으로 누운 사쿠타의 눈앞에 마이의 얼굴이 있었기 때문이다. 사쿠타와 마찬가지로 옆을 보며 누워서 그를 쳐다보고 있었다. 한 침대 위에서, 한 이불을 같이 덮고…….

10센티미터보다는 멀고, 20센티미터보다는 가까웠다. 서로의 숨결이 느껴질 것만 같으며, 속눈썹의 개수도 잘 하면 셀 수 있을 것 같았다.

방금 잠에서 깨어난 사쿠타가 어리둥절한 표정을 짓자…….

"좋은 아침."

그 모습을 본 마이가 웃음을 흘리며 그렇게 말했다.

"좋은 아침이에요."

일단 사쿠타는 이불을 살짝 들어 올리면서 자신이 옷을 입고 있는지 확인했다.

"뭐 하는 거야?"

마이는 사쿠타가 이러는 이유를 모르겠는지, 그렇게 물어보았다.

"마이 씨가 제 팬티를 벗기지는 않았는지 신경 쓰여서요."

어젯밤, 침대에 앉아서 마이에게 이야기를 한 것은 기억하고 있다. 사쿠타의 마음을, 마이는 그의 손을 움켜쥔 채 들어줬다. 상냥한 표정을 지은 채, 상냥한 목소리로 「응」하고 몇 번이나 말하며, 몇 번이나 고개를 끄덕였다. 사쿠타의 마음을 받아준 것이다.

사쿠타는 마이와 이야기를 나누다, 지친 나머지 잠들어버린 것 같았다.

그는 자기가 언제 잠들었는지 기억하지 못했다.

그러니, 잠든 사이에 어른의 계단을 올라가지 않았는지 확인해보는 게 당연했다.

"그런 짓을 할 리가 없잖아."

"그래요?"

"키스밖에 안 했어."

마이가 은근슬쩍 귀여운 소리를 했다. 고개를 살짝 돌리더니, 약간 부끄러워하는 모습이 정말 귀여웠다.

일단 한 번은 참았다. 하지만 이런 말을 듣고도 이성으로 욕망을 억누르는 건 무리였다.

"마이 씨~."

사쿠타는 마이의 허리 언저리를 향해 손을 뻗으며, 그녀의 품에 안겼다.

"뭐, 뭐 하는 거야, 사쿠타. 빨리 떨어져."

"마이 씨가 너무 귀여워서 무리예요."

"자, 잠깐만, 나 진짜로 화낼 거야."

입으로는 그렇게 말하면서도, 사쿠타를 밀어내려 하는 마이의 손에서는 힘이 점점 빠져나갔다.

"이번만, 특별히 봐주는 거야."

마이는 작은 목소리로 그렇게 중얼거리더니, 두 손으로 사쿠타의 머리를 감싸 안았다. 그녀의 가슴에 안긴 듯한 느낌이 들었다.

"이러고 있으니 엄청 안심돼요."

게다가 좋은 향기도 났다. 하지만 그런 소리를 했다간 마이가 포옹을 풀 게 뻔했기에 말하지 않았다.

"5초 후에는 떨어져."

"다섯 시간은 이러고 있고 싶어요."

"그럼 5분 후에는 떨어지는 거야."

"5일이라고 말할 걸 그랬네요."

"바보 같은 소리 하지 마."

이런 일이라면 전에도 몇 번이나 했다. 하지만 오늘 일은 예전에 있었던 일과 비슷하면서도 명백하게 달랐다. 사쿠타도, 마이도, 평소보다 천천히 말을 이었으며, 상대방의 말을 듣고…… 한참을 뜸 들인 후에 대꾸를 했다.

서로가 그것을 즐기고 있었다.

단둘만의 시간을 마음껏 구가하고 있었다.

대화가 끊겨도 서로의 입가에는 미소가 어려 있었으며, 침묵으로 이어지지는 않았다.

사쿠타는 아무 말도 하지 않으면서도 마이의 존재를 느꼈고, 마이 또한 아무 말도 하지 않으면서도 사쿠타의 존재를 느끼고 있는 듯한 느낌이 들었다.

1분 정도 정적을 즐긴 후, 마이는 다시 말을 건넸다.

"사쿠타, 오늘은 어쩔 거야?"

역시, 평소보다 약간 느긋하게 말을 잇고 있었다.

"마이 씨는요?"

사쿠타도 그에 맞춰 말했다.

질문에 질문으로 답한 것은, 딱히 예정이 없기 때문은 아니다. 아까 잠에서 깨어나서, 눈앞에 있는 마이를 본 순간…… 오늘 해야 할 일이 결정됐던 것이다.

하지만, 사쿠타는 그 말을 입에 담을 준비가 아직 되지 않았다.

"······나는, 일하러 가야 해."

마이의 목소리가 아주 약간 흐트러졌다. 「함께 있어주고 싶은데······.」라는 마음이 그 말의 이면에 존재했다.

"야마나시에 있는 촬영지로 돌아갈 거야."

예상했던 대답이다. 마이는 무리해서 이곳으로 돌아온 것이다.

"괜찮겠어요?"

"시간적으로는 아직 여유가 있어."

"그게 아니라, 마이 씨는 어제 한숨도 안 잤잖아요?"

마이의 표정에서 피로가 묻어났기 때문에 그렇게 물은 것이 아니다. 사쿠타가 처한 상황을 아는 마이가 그런 모습을 보일 리가 없다.

마이가 잠을 자지 않았다고 생각한 것은, 사쿠타가 마이의 입장이었다면 지쳐서 잠들었을 그녀를 밤새도록 지켜봐 줬을 거라는 확신을 가지고 있기 때문이다.

"료코 씨가 차로 데려다줄 거니까, 이동 중에 자면 돼."

"다음에 하나와 씨에게 고맙다는 말을 해야겠네요."

마이의 매니저에게는 여러모로 폐를 끼쳤다. 또한 도움도 받았다. 료코 덕분에 위기를 모면한 적도 한두 번이 아니다.

"사쿠타는 어쩔 거야?"

마이는 자연스럽게 대화를 이어나가면서 또 같은 질문을 던졌다. 그 목소리에는 사쿠타를 감싸주는 듯한 상냥함이 어려 있었다. 마이가 이렇게까지 신경을 써주는 이상, 이제 그 말을 할 수밖에 없다.

"어머니를 만나러 갈 거예요."

"혼자서 괜찮겠어?"

"모르겠어요."

이 상황에서 허세를 부려봤자 의미가 없기에, 사쿠타는 솔직하게 털어놓았다.

"모르니까, 괜찮을 것 같은 느낌도 들어요."

부담을 느끼지 않는 건 아니다. 하지만, 지나치게 긴장을 한 것도 아니었다. 다른 가능성의 세계에서 어머니와 이야기를 나눌 기회가 있었기 때문에, 조금은 자신감이 생긴 걸지도 모른다.

무엇보다 어젯밤에 마이가 해준 말에, 사쿠타는 구원받았다.

가족 문제로 자신감을 잃은 사쿠타를, 마이는 따뜻하게 보듬어줬다.

부모와 떨어져서 지내는 것에 익숙해진 사쿠타를, 인정해 줬다.

그래도 된다고 말해줬다.

그러니 사쿠타는 이제 혼자 일어설 수 있다. 일어서야만 한다.

"그러니까, 엄마를 만나고 올게요."

사쿠타는 되뇌듯이 한 번 더 그렇게 말했다.

"그래."

마이는 「힘내」라고 말하지 않았다. 「힘내렴」이라고도, 「힘내는 거야」 하고도 말하지 않았다.

"기다리고 있을게."

그저, 사쿠타를 믿으며 그렇게 말했다.

믿으면서 기다린다.

그것이 가장 어려운 일이지만, 마이는 할 수 있다.

사쿠타를 위해, 그렇게 해주는 것이다.

"그리고 기회를 봐서, 나를 소개해줘."

"예?"

"사쿠타의 어머니에게 말이야."

"참, 결혼하기로 한 걸 보고해야 하네요."

"미리 말해두겠는데, 어제 그건 그런 게 아냐."

"아니라뇨?"

"프러포즈가 아니란 말이야."

"너무해~."

사쿠타는 고개를 들어서 마이의 얼굴을 쳐다보았다. 마이 또한 사쿠타를 쳐다보았다.

"그런 건, 사쿠타가 사회적으로 자립을 한 후에…… 네가 나한테 말해줬으면 해."

마이는 볼을 새빨갛게 붉혔지만, 사쿠타에게서 시선을 떼지 않았다. 이 정도는 아무것도 아니라고 허세를 부리듯, 마이는 사쿠타를 응시했다.

이런 말을 들으니, 더욱 좋아하게 될 수밖에 없다.

"자, 5분 지났어."

"5분만 더 이러고 있을게요."

"안 돼~. 빨리 떨어져."

마이는 어린아이를 꾸짖는 듯한 말투로 그렇게 말했다.

"그럼 10분만 더~."

"왜 시간이 늘어난 건데?"

마이는 사쿠타의 머리를 손으로 살짝 때렸다.

"아얏."

물론 아프지는 않았다.

"자아, 빨리 떨어져."

"에이~."

"이렇게 포옹을 하고 있으면, 굿모닝 키스도 못 하잖아?"

채찍 다음에 날아온 것은 달콤한 사탕이었다. 그 사탕을 덥석 문 사쿠타는 마이에게서 떨어졌다. 그리고 굿모닝 뽀뽀를 하기 위해 얼굴을 내밀었지만, 마이는 손으로 그의 얼굴을 밀쳐냈다.

"우웁."

코가 눌린 바람에 이상한 소리를 냈다.

마이는 사쿠타를 밀어낸 반동을 이용하며 침대 밖으로 나갔다.

"마이 씨, 굿모닝 뽀뽀는요?"

사쿠타는 몸을 일으키며 그렇게 말했다.

마이는 약간 흐트러진 머리카락을 손으로 정리하며…….

"양치질하면 해줄게."

……하고 사쿠타에게 말한 후, 먼저 이 방에서 나갔다. 발소리를 들어보니, 그녀는 세면장으로 향하고 있었다. 아마 거울 앞에서 자신의 몸가짐을 살피려는 것이리라. 사쿠타 앞에서는 항상 어엿한 모습이고 싶으니까…….

그런 마이를 본 사쿠타의 볼이 히죽거렸다.

마이가 있는 것만으로, 아침에 잠에서 깨어나는 것이 이렇게 즐거웠다.

그녀의 목소리를 듣기만 해도, 마음이 들떴다.

마이가 자신에게 골탕을 먹일 때마다 히죽거렸고, 그녀를 점점 좋아하게 됐다. 그리고 그것을 자각하고 있는 것이다.

마이가 곁에 있기만 해도, 사쿠타는 행복했다.

하지만, 사쿠타는 이미 알고 말았다.

리오와 유마가 곁에 있으면, 마음이 든든하다는 것을…….

토모에나 노도카가 곁에 있으면, 웃음이 절로 난다는 것을…….

카에데가 곁에 있으면, 힘을 낼 수 있다는 것을…….

알아버린 이상, 사쿠타는 인간이기에 욕심쟁이가 될 수밖에 없었다.

그래서, 사쿠타는 아직 마이의 체온이 남아 있는 침대에서 나왔다.

자신의 두 발로 당당히 서기로 했다.

4

아침 여덟 시 즈음에 매니저인 하나와 료코가 차로 마이를 데리러 오자, 사쿠타는 현관에서 그녀를 배웅했다. 료코에게는 사쿠타가 보이지 않을 테니, 맨션 밖까지 가봤자 마이가 난처할 뿐이라고 생각한 것이다.

혼자가 된 사쿠타는 마이와 같이 먹은 아침 식사의 뒷정리를 했다. 빨래도 했다. 그리고 사쿠타는 옷을 갈아입은 후, 집을 나섰다.

후지사와역을 출발한 사쿠타는 전철을 환승하며 한 시간가량 이동했다.

전철 안에서 딱히 할 일이 없었기에, 사쿠타는 어머니를 만나서 전할 말을 계속 생각했다. 몇 번이나 반복해서 생각하고, 머릿속으로 되새겼다.

카에데가 집단 괴롭힘을 당하고, 가족들은 힘든 시기를 보냈다. 게다가 카에데가 해리성 장애까지 걸리면서, 사쿠타도 자기 앞가림을 하는 데 급급해졌다.

하지만 『카에데』와 카에데를, 이번에야말로 지켜주기 위해 최선을 다했다.

떨어져서 지내게 되면서, 아버지와 어머니를 원망한 적도 있다……. 지금도 부모님을 어떻게 생각하면 좋을지 결론을 내리지 못했다.

하지만, 사쿠타의 어머니는 「엄마」 이외의 그 누구도 아니며, 그 사실은 영원히 변하지 않을 거라는 것도…….

게다가 떨어져서 지내면서 알게 된 것도 있다. 아버지와 어머니는 그저 당연시해도 되는 존재가 아니었다.

조금이라도, 올바르게, 알기 쉽게 자신의 마음을 전할 수 있도록, 사쿠타는 전철 안에서 계속 생각했다.

그러다 보니 한 시간은 순식간에 지나갔으며, 사쿠타는 어느새 어머니가 있는 사택 맨션에 도착했다.

계단을 한 칸씩 천천히 올라갔다. 자신의 마음과 마주하면서 올라갔다.

사쿠타는 문 앞에 선 후, 일단 인터폰을 눌렀다. 하지만, 기계가 사쿠타의 손가락에 반응하지 않았다.

그래서 호주머니에서 꺼낸 열쇠로 문을 열었다. 처음부터 그럴 생각이었기에, 사쿠타는 망설이지 않았다.

신발을 벗고 안으로 들어갔다. 그리고 그제야 사쿠타는 집 안이 묘하게 조용하다는 생각을 했다. 이 집 어디에서도 사람의 기척이 느껴지지 않았다.

거실에는 아무도 없었으며, 다다미방 또한 텅 비어 있었다. 다른 방 또한 텅텅 비어 있었다.

"엄마? 카에데?"

사쿠타는 두 사람을 부르면서 혹시나 하는 마음에 욕실과 화장실도 확인해봤다. 하지만, 역시 어머니와 카에데는 없었다. 아버지도 보이지 않았다.

"외출한 걸까?"

아버지는 회사에 갔겠지만, 어머니와 카에데는 별다른 볼일이 있을 것 같지는 않았다. 어머니는 자택 요양 허가를 받고 잠시 병원에서 나온 것이며, 중학교를 얼마 전에 졸업한 카에데는 현재 봄 방학 중이다.

사쿠타가 다시 부엌으로 와보니, 냉장고에 붙어 있는 달력이 눈에 들어왔다.

3월 19일에 빨간색 펜으로 표시가 되어 있었다. 그 밑에는 「통원」이라는 메모가 적혀 있었다.

오늘이 바로 그 3월 19일이다.

아무래도 오늘은 어머니의 진찰일이 틀림없는 것 같았다. 카에데도 어머니와 함께 병원에 간 것 같았다.

달력을 고정하고 있는 자석에는 작게 접힌 병원 팸플릿이 끼어 있었다. 신 요코하마역 인근에 있는 병원이다. 토카이도 신칸센의 정차 역으로 보면 도쿄, 시나가와의 다음 역이다. 정신과의 입원 시설도 갖춰진 곳이라는 이야기를 아버지에게서 들은 적이 있다.

이곳에서 가장 가까운 역에서 한 구역만 타고 가면 된다.

사쿠타는 팸플릿의 지도로 장소를 확인한 후, 신발을 신고 사택에서 빠져나왔다. 여기서 기다려본들 어머니가 언제 돌아올지 모르는 데다, 심정적으로도 기다리고 있을 수가 없었다.

사쿠타가 그렇게 생각하는 명확한 이유가 존재했다.

바로 자신이 어머니를 만나러 가고 싶었기 때문이다.

사쿠타는 약간 급한 발걸음으로 역에 돌아갔다. 서두를 필요가 있는 건 아니지만, 마음이 급해지면서 바삐 걸음을 놀리게 됐다. 자연스레 그렇게 되고 만 것이다.

사쿠타는 자신의 내면에 존재하는 조바심을 자각할 수 있었다. 역에서 전철을 타고, 한 정거장을 이동하는 사이, 그 조바심이 긴장으로 변모했기에······.

그래도, 사쿠타는 그 감정에 사로잡히지 않았다. 전철을 내리고도, 개찰구를 통과하고도, 역에서 걸어서 5분 거리에 있는 병원 건물이 보이기 시작해도, 걸음이 흐트러지지 않았다.

지상 8층 건물에 들어선 병원 앞에 도착하고도, 사쿠타는 서슴없이 자동문을 통과하며 안으로 들어갔다.

어머니가 어디에 있는지 모르기에, 일단 접수 카운터 옆에 있는 안내도를 확인했다. 정신과 병동은 5층에 있었기에, 사쿠타는 엘리베이터를 타고 5층으로 올라갔다.

사쿠타만을 태운 조그마한 상자는 중간에 한 번도 멈춰서지 않으며 5층에 도착했다.

문이 열릴 때까지 기다린 후에 복도에 나서자, 정적이 감도는 조용한 복도가 눈앞에 펼쳐졌다. 바닥에는 카펫이 깔려 있기 때문에 발소리도 거의 나지 않았다.

사쿠타는 오른쪽을 쳐다본 후, 왼쪽도 쳐다보았다.

30미터는 될 듯한 긴 복도에는 똑같은 모양을 한 문이 줄지어 있었다. 병실의 문에는 방 번호가 적혀 있기는 했지만, 환자의 이름이 적힌 팻말 같은 건 없었다.

개인 정보 보호를 중요시하는 시대가 된 영향일까. 아니면, 이런 병원에서는 이게 당연한 걸까.

하지만, 이래서는 어머니의 병실이 어디인지 알 수 없었다.

하지만 사쿠타는 낙담을 할 필요가 없었다.

"뭐, 나는 다른 사람한테 보이지 않으니까 전부 열어보면 되겠지."

이제 와서 수단 방법을 가릴 생각은 없었다.

그렇게 생각한 사쿠타는 가장 안쪽에 있는 병실의 문을 열려고 했다. 바로 그 순간, 세 칸 옆의 병실 문이 열렸다.

"아빠한테 선생님이 한 말을 전화로 전할게."

병실 안을 향해 그렇게 말하며 복도로 나온 이는 바로 카에데였다.

사쿠타를 인식하지 못한 채, 등을 보이며 엘리베이터 쪽을 향해 걸어갔다. 그리고 3미터 정도 앞에서 왼쪽으로 돌아선 카에데는 휴게실에 들어갔다. 아까 사쿠타가 살펴보니, 휴게실에는 공중전화기가 있었다. 아무래도 공중전화로 아버지에게 연락을 하려는 것 같았다.

카에데 덕분에 어머니의 병실을 알았다.

"여동생 만만세네."

사쿠타는 마음속으로 카에데에게 고마워하면서, 어머니의 병실에 천천히 다가갔다.

그리고 문 앞에 서서 심호흡을 한 번 했다. 그러자 한층 더 긴장됐다. 입안이 마르기 시작했고, 무릎이 덜덜 떨릴 것만 같았다.

하지만, 사쿠타는 슬라이드식 문을 조용히 열 정도의 여유는 있었다.

안에 들어간 후, 문을 닫았다. 이번에도 가능한 한 소리를 내지 않으려 했다.

어머니에게는 사쿠타가 보이지 않을 테니, 아마 그가 낸 소리도 인식하지 못할 것이다. 괜한 배려라는 생각이 들었다. 하지만, 무의식적으로 그런 배려를 했다. 병원 안에서는 그래야 한다고 몸이 인식하고 있는 것이다.

병실은 1인용 개인실이었다. 침대를 두면 약간의 공간만 겨우 남을 만큼 좁은 공간이었다.

창문을 통해 햇빛이 들어오고 있었기에 갑갑하게 느껴지지는 않았다. 병원 특유의 과도한 청량감 또한 감돌고 있지 않았다.

방 안에 있는 물건은 적지만, 물건 하나하나에서는 사람의 온기가 느껴졌다.

방에서는 어머니의 체온이 느껴졌다.

그런 어머니는 침대 가장자리에 걸터앉아 있었으며, 두 발을 바닥에 대고 있었다.

얼굴에서는 약간의 피로가 묻어났다.

"좀 무리했나 보네."

아무래도 카에데를 만난 것 때문에 지친 것 같았다. 하지만 후회하고 있는 것 같지는 않았다. 기분 좋은 피로를 느끼고 있기에 방금 같은 말을 한 거라고 생각한다.

"맞아."

어머니는 문뜩 생각난 것처럼 침대 옆에 있는 사이드 테이블을 향해 손을 뻗었다. 그 위에 놓인 토트백에서 대학 노트 한 권을 꺼냈다.

어머니는 침대에 달려 있는 식사용 테이블 위에 그 공책을 펼쳐뒀다. 그리고 방금 입에 담은 말을 정성 들여 한 자 한 자 그 공책에 적었다.

어머니에게 할 말은 이곳에 오는 길에 마음속으로 정리했다.

건네야 할 말 또한 이미 정해뒀다.

실패하지 않기 위해, 몇 번이나 되새겼다.

그런데 이렇게 어머니가 눈앞에 있으니, 준비해둔 말이 하나도 떠오르지 않았다.

그 대신 자연스럽게 입에서 흘러나오는 진심 어린 말이 있었다.

"엄마, 노력했구나……."

이 조그만 방에서, 2년 동안…….

혼자서, 노력했다.

그 말은, 사쿠타의 내면에서 커다란 감정을 이뤘다. 열기를 머금은 감정이다. 코를 시큰거리게 하는 강렬한 감정이었다.

그래서 그 한마디를 입에 담은 것만으로 사쿠타의 목소리는 떨리기 시작했고, 눈물에 젖었다.

그 말을 마친 순간, 눈물이 방울져서 바닥에 떨어졌다. 사쿠타의 눈에서 흘러나온 눈물이 병실의 카펫을 적셨다. 눈물이 떨어진 부분만, 색이 진해졌다.

"엄마도, 노력했던 거야……."

그런 건, 사쿠타도 알고 있었다…….

생각해보지 않아도 알 수 있다.

노력했으니까, 괴로웠던 것이다. 도망치지 않았으니까, 마음이 견디지 못한 것이다.

하지만, 자신이 힘든 상황에 처하면, 거기까지는 생각이 미치지 않게 된다. 가족일지라도……. 가족이기 때문에…….

차가운 감정으로 대하게 될 때도 있는 것이다.

그런 단순한 점을 알지 못하게 될 때도 있다.

이제 와서, 그 점을 깨달았다.

2년 동안, 어머니에 대해 생각하지 않으려고 했지만, 그런다고 어머니가 어머니라는 사실은 달라지지 않는다. 그리고 중학생 때까지 함께 보낸 나날들의 기억이 사라질 리도 없다.

그렇게 달라지거나, 사라지는 게 아닌 것이다.

어떤 식으로든 이유를 달려고 하는 생각 자체가 잘못됐다.

자연스럽게 반응한 몸이 그 점을 알려줬다.

그저, 단순히, 어머니가 건강해진 것을…… 스스로 노력해서, 건강해진 것이 기쁠 뿐이라는 사실을, 사쿠타는 눈치챘다.

지금은 그것이 전부였다.

다른 건 아무래도 상관없다.

분명, 가족이니까 그렇게 생각할 수 있는 것이다.

이 감정이야말로, 사쿠타가 진정으로 어머니에게 전하고 싶었던 거라고 생각한다.

"엄마, 고마워."

노력해줘서…….

건강을 되찾아줘서…….

엄마가 되어줘서…….

사쿠타를 낳아줘서…….

그리고, 길러줘서…….

"고마워."

2년 동안, 가슴속에 담아뒀던 마음이 넘쳐 나왔다. 눈물, 콧물과 함께 한없이 넘쳐 나왔다.

몇 번이나 눈물을 닦고, 몇 번이나 코를 훌쩍였지만, 그것은 끝나지 않았다. 잦아들 리가 없다는 생각이 들었다. 가족이니까 생겨난 이 마음은…….

때때로 잠시 멎는 경우가 있을지도 모르지만, 메마를 리가 없다. 언제나 함께하며, 그렇기 때문에 눈치채지 못한다. 이렇게 소중한 것인데도 말이다.

떨어져서 지낸 2년이라는 시간이, 그것을 눈치채게 해줬으리라. 당연히 누려왔던 것들이, 당연한 게 아니라는 사실을…….

어떤 소녀가 가르쳐줬지만, 사쿠타는 눈치채지 못했다. 소소한 행복을 행복이라 여기는 것이야말로, 진정한 행복인 것이다.

어머니에게 기대지 못했고, 어머니를 잊은 채 살아갈 수밖에 없었다……. 하지만 어머니가 건강해진 것을, 사쿠타는 행복으로 느낄 수 있었다.

어머니에 대해 그렇게 생각할 수 있는 자기 자신이 아직 존재한 것이다.

눈물이 머금은 열기가 서서히 식어갔다.

어머니는 그런 사쿠타를 눈치채지 못했다.

인식하지 못했다.

하지만, 그래도 상관없다는 생각이 들었다.

앞으로, 몇 번이든 어머니를 찾아갈 테니까⋯⋯.

어머니가 자신의 존재를 느낄 때까지, 몇 번이든 찾아가면 된다.

이제 사쿠타는 망설임이나 불안에 사로잡히지 않았다.

그날이 올 때까지, 몇십 번이고, 몇백 번이고, 몇천 번이고, 어머니를 만나러 갈 것이다.

그러니, 지금은⋯⋯

"엄마, 또 올게."

⋯⋯하고 말하며, 사쿠타는 돌아섰다.

병실을 나서기 위해, 문손잡이를 움켜잡았다.

바로 그때였다.

"⋯⋯사쿠타."

⋯⋯하고, 불린 듯한 느낌이 들었다.

기분 탓이라고 생각했다. 환청이 들린 것이다. 틀림없다.

하지만, 사쿠타는 돌아볼 수밖에 없었다.

생각보다 먼저, 몸이 반응했다.

"엄마⋯⋯?"

사쿠타는 머뭇거리면서 말을 걸었다.

어머니의 얼굴이 사쿠타를 향하고 있었다. 시선 또한 사쿠타를 똑바로 향하고 있었다.

"병문안, 와줬구나."

어머니는 흐릿한 미소를 지었다. 미안함이 어려 있는 듯한……. 어머니가 그런 표정을 짓는 것을 원치 않았기에…….

"응."

……하고 말한 사쿠타는 억지로 미소를 지었다.

"학교는?"

"봄 방학 중이나 거의 다름없거든."

눈물로 범벅이 된 얼굴 또한 옷소매로 닦았다.

"그래도 멋대로 빼먹으면 안 되잖니."

"그렇기는 한데……."

"그래도 기분은 좋네."

"뭐?"

"사쿠타의 얼굴을 오래간만에 봤잖니."

"엄마……."

사쿠타는 문손잡이를 놓더니, 병실 안으로 들어갔다.

침대 곁으로 가자, 어머니가 사쿠타의 두 손을 움켜잡았다. 어릴 적에는 어머니의 손이 정말 큰 것처럼 느껴졌다. 하지만, 지금은 사쿠타의 손이 더 컸다. 어머니와 손을 잡는 건 초등학생 때 이후로 처음이라, 사쿠타는 그런 것도 알지 못했다. 쭉, 어머니는 자기보다 크다고 생각했다. 크나큰 존재라고 여겼다. 키는 어느새 사쿠타가 더 커졌는데도, 보호받을 궁리만 했다.

하지만, 그렇지 않다. 어머니가 나를 의지해도 되는 것이다.

마이가 인정해줬듯이, 사쿠타는 예전에 비해 어른이 되었으니까…….

그런 부모 자식의 관계가 존재해도 된다. 그런 가족이어도 괜찮다.

"사쿠타, 고맙구나."

"병문안이라면 앞으로는 자주 올게."

"카에데를 보살펴줘서, 고맙단다."

"……."

사쿠타는 고개를 끄덕이며 「응」 하고 말할 생각이었다. 하지만, 그럴 수 없었다. 지금 입을 열었다간, 또 눈물을 흘릴 것만 같았다.

"우리 가족의 장남이 사쿠타라 다행이야."

"……."

눈시울이 뜨거워졌다.

"지금까지 쭉 떠맡겨서 미안하구나."

"……."

사쿠타는 그 열기를 참으며, 고개를 좌우로 저었다.

"엄마는 사쿠타도 사랑해."

하지만 방금 그 말을 들은 순간, 더는 참을 수가 없었다.

어머니의 마음은 알고 있었다.

그저, 믿을 수가 없었을 뿐이다. 항상 곁에 있지는 않았으니까…….

그런 응어리가, 눈물의 열기에 의해 전부 녹아내렸다.

뿌연 시야 속에 존재하는 어머니 또한 울고 있었다.

"응…… 응……."

어머니는 무슨 말에 대한 맞장구인지도 모르는 맞장구를 계속 쳤다. 하지만 사쿠타는 알 수 있었다. 가족이니까…… 알 수 있었다.

카에데가 병실에 돌아온 후에도, 두 사람의 눈물은 멎지 않았다. 사쿠타가 이곳에 있는 이유를 카에데가 알 리 없다. 하지만, 어느새 카에데도 함께 울고 있었다. 그렇게 함께 운 그날, 세 사람은 가족이 되었다.

만개한 벚꽃이 봄을 데려왔다.

계절은 멋대로 변해갔다.

울고 있는데도, 여름이 찾아왔고…….

웃고 있는데도, 가을이 찾아왔으며…….

수험 공부에 빠져 지내는데도, 겨울은 찾아왔다.

그날 이후로, 사춘기 증후군에 걸리지는 않았다.

사춘기 증후군에 휘말리지도 않았다.

그래서, 이제 다 끝난 듯한 느낌이 들었다.

하지만, 아무것도 끝나지 않았다.

계절은 멋대로 변해갔다.
봄, 여름, 가을, 겨울이 지나…….
새로운 봄이 찾아왔다.

새로운 계절로

입학식을 마치고 행사장 밖으로 나가보니, 벚꽃잎이 봄바람에 흩날리고 있었다.

"하아~, 끝났다~."

힘껏 기지개를 켜고 싶지만, 양복이 갑갑한 탓에 뜻대로 움직일 수가 없었다.

하지만, 사쿠타는 마음이 가벼웠다. 이제까지 경험한 적 없는 해방감에 사로잡혔다.

드디어 대학생이 된 것이다.

고등학생 최후의 1년 동안은 그야말로 공부만 하면서 지냈으니까…….

학교로 향하는 전철 안에서는 참고서를 펼쳤고, 쉬는 시간에는 영단어를 외웠으며, 수업 또한 성실히 들었을 뿐만 아니라, 집으로 향하는 전철 안에서도 공부한 것을 복습했다. 아르바이트 도중의 휴식 시간에도 공부를 한 것이다.

때때로 마이가 실시한 쪽지 시험도 쳐야 했고, 점수가 좋으면 포상을 받았다. 점수가 나빠도 상냥한 미소를 지었다. 오히려 그 미소가 더 무시무시하게 느껴졌지만…….

연말 모의시험 결과가 나쁘자, 마이는 사쿠타와 말도 섞지 않았다. 마이의 마음을 풀어주기 위해, 같은 대학을 지망한 노도카에게 공부를 가르쳐달라는 부탁을 한 적도 있었다.

할 수 있는 일은 전부 다 한 끝에, 사쿠타는 오늘이라는 날을 맞이할 수가 있었다.

대학 입학식.

오늘, 사쿠타는 진정한 의미에서 수험으로부터 해방된 기분을 맛봤다.

참고로, 함께 수험을 한 노도카도 학부는 다르지만 합격했다. 오늘 입학식에도 참석했지만, 어디 있는지는 알 수 없었다. 금발로 참석하는 건 좀 그렇다고 생각했는지, 오늘 아침에 집 앞에서 마주쳤을 때는 항상 눈부시게 빛나던 노도카의 금발이 시꺼먼 색으로 물들어 있었다.

"누구세요?"

……가, 사쿠타의 솔직한 감상이었다.

항상 모아 묶고 있던 머리카락 또한 풀었기에, 더 알아볼 수가 없었다.

"나야, 나."

사쿠타와 노도카가 입학한 곳은 요코하마 시내에 있는 시립 대학이다. 그래서 입학식에는 시장도 와서 듣는 이들의 피와 살이 될 말을 들려줬다. 무슨 내용이었는지 생각나지 않지만…… 감명을 받고도 남을 만큼 좋은 말씀이었을 것이다.

"이러니 알아볼 리가 없지."

사쿠타는 노도카를 찾아봤지만, 입학식이 열린 종합체육

관 앞에는 비슷한 복장을 한 신입생들로 붐비고 있었기에 머리카락을 검은색으로 염색한 그녀를 찾을 수가 없었다.

캠퍼스 중앙을 가로지르는 메인 스트리트에 왔는데도, 상황은 달라지지 않았다.

정문으로 이어지는 길은 정장 차림이 어색한 신입생들, 그리고 벌써부터 부활동 및 동아리를 권유하고 있는 상급생들로 붐비고 있었다. 플래카드와 간판이 곳곳에 존재했다. 남들 눈에 띄기 위해 분장을 한 사람이나 인형탈을 입은 사람도 여럿 있었다. 마치 축제라도 벌어진 것 같았다.

"왠지, 대학 느낌이 물씬 나네."

실제로 이곳은 대학이니 이상할 것은 없었다. 하지만 이렇게 대학이라는 이미지가 물씬 묻어나는 광경은 흔히 접할 수 있는 게 아닐 듯한 느낌이 들었다.

덕분에, 대학생이 된 것을 실감할 수 있었다.

사쿠타는 대학다운 활기로 가득 찬 메인 스트리트를 따라 정문을 향해 걸어갔다. 정문 쪽에서 기다리다 보면, 노도카를 발견할 수 있을 거라고 생각했다.

그냥 먼저 돌아가도 문제 될 것은 없지만, 「언니가 사쿠타의 사진을 찍어달라고 나한테 부탁했어」라는 말을 들었으니, 일단 대학에 남아 있는 편이 좋을 것 같았다.

그런 생각을 하며 입구를 향해 걸어가던 사쿠타는 정문 근처에서 무언가를 발견하고 걸음을 멈췄다.

대학생들로 북적이는 공간과 어울리지 않는 이를 본 듯한 느낌이 들었다. 조그마한 인물을…….

그것은 착각이 아니었다.

초등학생용 책가방을 멘 어깨가 언뜻 보였다. 통통 튀는 듯한 발걸음으로 대학생이라는 나무로 이뤄진 숲을 헤치며 능숙하게 나아갔다. 아름다운 흑발을 휘날리며, 사쿠타의 옆을 힘차게 지나간 것이다.

얼굴을 똑똑히 본 것은 아니지만, 사쿠타는 그 아이가 틀림없다고 직감했다. 아역 시절의 마이를 빼닮은 여자애. 사쿠타의 사춘기 증후군이 보여준 환상. 그렇게 생각했던 초등학생 여자애…….

"아, 어이."

사쿠타는 허둥지둥 뒤를 돌아보며 말을 건넸다.

하지만, 책가방을 멘 여자애는 이미 보이지 않았다. 완전히 시야에서 사라지고 말았다.

그 대신, 누군가에게 자신의 이름을 불린 듯한 느낌이 들었다.

"……어?"

사쿠타는 의아하게 생각하며 주위를 둘러보았다.

"……아즈사가와 군?"

이번에는 아까보다 확연하게 들렸다. 누군가가 자신을 부른 게 틀림없다. 아는 목소리라는 생각이 들지만, 목소리만으로는 누구인지 판별할 수 없었다.

"아즈사가와 군, 맞지?"

그런 말을 한 인물이 사쿠타의 앞에 섰다. 차분한 느낌의 진한 감색 바지 정장을 입은 여성이었다. 그 옷차림을 보고, 상대가 신입생이라는 것을 눈치챘다. 즉, 오늘부터 여대생인 것이다.

"……."

그녀는 테가 가는 안경을 쓰고 있었으며, 사쿠타를 똑바로 쳐다보고 있었다. 사쿠타가 아무 말도 하지 않자, 그녀의 눈동자에 불안이 어렸다.

눈앞의 여대생을, 사쿠타는 안다.

잊고 있었지만, 어떤 계기를 통해 떠올릴 수 있었던 인물이다. 하지만 1년도 전의 일인지라, 감정이 바로 반응을 보이지는 않았다. 그래도, 사쿠타는 머릿속에 떠오른 그 이름을 중얼거렸다.

"아카기, 맞지?"

그것이 그녀의 이름이다.

아카기 이쿠미.

"응. 오래간만이야."

그녀는 낯빛 하나 바꾸지 않으며 그렇게 말했다.

이날, 아즈사가와 사쿠타는 중학생 시절의 동급생과 재회했다.

■작가 후기

애니메이션이 시작됐습니다.

움직이고 말하는 사쿠타와 마이 씨, 그리고 다른 캐릭터들을 꼭 봐주십시오.

코믹스 『청춘 돼지는 바니걸 선배의 꿈을 꾸지 않는다』와 『청춘 돼지는 소악마 후배의 꿈을 꾸지 않는다』도 발매 중입니다.

바니걸 선배는 나나미야 츠구미 씨, 소악마 후배는 아사쿠사 츠쿠모 씨라는 호화 작가 포진으로 코믹스를 여러분께 전해드리고 있습니다. 귀여운 마이 씨, 삐친 토모에를 실컷 볼 수 있어요.

그 외에도 작품 관련 굿즈도 다방면으로 진행되고 있으니, 앞으로도 청춘돼지 세계를 지켜봐 주셨으면 합니다.

일러스트를 맡아주신 미조구치 케이지 님, 편집부의 쿠로카와 님, 쿠로사키 님, 후지와라 님에게는 이번에도 크게 신세를 졌습니다.

　이 책을 끝까지 읽어주신 독자 여러분에게도 진심으로 감사
드립니다. 다음 권에서 또 뵐 수 있기를 진심으로 바랍니다.
그리고 다음 권부터는 대학생 편이 시작될 겁니다. 아마도요.

　　　　　　　　　　　　　　카모시다 하지메

  안녕하십니까. 근로청년 번역가 이승원입니다.

  『청춘 돼지는 책가방 소녀의 꿈을 꾸지 않는다』를 구매해
주셔서 진심으로 감사드립니다.

  청춘 돼지 시리즈, 그 아홉 번째 작품인 『청춘 돼지는 책
가방 소녀의 꿈을 꾸지 않는다』는 어떠셨는지요.

  저는 이번 권이 이 시리즈의 전환점을 맞이하는 내용이지
않았나 싶습니다.

  항상 사춘기 증후군이라는 문제에 있어서 해결사 역할을
맡아왔던 사쿠타. 그런 그가 사춘기 증후군에 걸리는 것이
이번 권의 주된 내용이었습니다. 마키노하라 양, 아니, 쇼코
씨를 본받아 상냥한 사람이 되기 위해, 그리고 자신의 동생
이 겪은 고통을 다른 이가 겪는 것을 보다 못해, 그는 사춘
기 증후군에 걸린 이들에게 도움의 손길을 내밉니다. 그런
사쿠타 덕분에 여러 소녀가 구원받았고, 이제 그에게는 마
이와 함께 행복해지는 미래만이 존재하는 것처럼 느껴졌죠.
하지만, 실은 그렇지 않았습니다. 사쿠타의 내면에도 드러나

지 않은 어둠이 존재했으며, 그 어둠은 사춘기 증후군이라는 형태로 송곳니를 드러냈습니다. 그리고 그것은 사쿠타를 크나큰 위기에 빠뜨리죠. 그런 그를 구해주는 이는 미래에서 온 쇼코 씨가 아니었습니다. 사쿠타가 지금까지 살아오며 이뤄낸 것들, 그리고 그가 함께 미래를 향해 나아가기로 마음먹은 존재인 마이였습니다.

이번 권은 2부에 들어가기 위해 꼭 거쳐야만 하는 통과점이 아니었나 생각합니다. 어엿하게 자립한 인간인 줄 알았던 주인공에게도 다른 사춘기 청소년들과 마찬가지로 어둠이 존재했으며, 그것을 통해 사춘기 증후군 또한 발생했습니다. 하지만 쇼코 씨가 이제 존재하지 않는데도, 사쿠타와 마이는 자신들의 힘만으로 문제를 해결하며 미래로 나아갑니다. 그리고 그 미래에서 작가님께서 예고한 대학생 편이 시작되는 거겠죠. 사쿠타와 마이가 힘을 합쳐 쟁취한 미래가 어떤 식으로 이어질지, 저 또한 독자 여러분과 함께 고대하고 있습니다!

그럼 이만 줄이겠습니다.

L노벨 편집부 여러분. 항상 신세 지고 있습니다. 앞으로도 잘 부탁드립니다!

4수 만에 운전면허에 합격한 악우여. 위로주를 매번 사줬으니, 합격주는 자네가 사주게나. 자아, 일단 횟집으로 시작해서 육해공(?)을 제패해보자고!

　마지막으로 언제나 제게 버팀목이 되어주시는 어머니와 『청춘돼지』 시리즈를 읽어주신 모든 분들에게 진심으로 감사드립니다.

　중학생 동창과의 재회에서 이어질 다음 권 역자 후기 코너에서 다시 뵙겠습니다!

2018년 12월 초
역자 이승원 올림

청춘 돼지는 책가방 소녀의 꿈을 꾸지 않는다 9

1판 1쇄 발행 2019년 1월 10일
1판 9쇄 발행 2023년 6월 13일

지은이_ Hajime Kamoshida
일러스트_ Keji Mizoguchi
옮긴이_ 이승원

발행인_ 최원영
편집장_ 김승신
편집진행_ 권세라 · 최혁수 · 김경민 · 최정민
편집디자인_ 양우연
관리 · 영업_ 김민원

펴낸곳_ (주)디앤씨미디어
등록_ 2002년 4월 25일 제20-260호
주소_ 서울시 구로구 디지털로 26길 111 JnK디지털타워 503호
전화_ 02-333-2513(대표)
팩시밀리_ 02-333-2514
이메일_ lnovellove@naver.com
ㄴ노벨 공식 카페_ http://cafe.naver.com/lnovel11

SEISHUN BUTA YARO WA RANDOSERU GIRL NO YUME WO MINAI 9
© Hajime Kamoshida 2018
First published in 2018 by KADOKAWA CORPORATION, Tokyo.
Korean translation rights arranged with KADOKAWA CORPORATION, Tokyo,
through KCC.

ISBN 979-11-278-4818-7 04830
ISBN 979-11-86906-06-4 (세트)

값 7,000원